Des mêmes auteures :

Nathalie Faure Lombardot

La fille de l'ombre (2003) — **Prix ACAI 2015** décerné par l'Association Comtoise d'Auteurs, Indépendante.

Au nom d'Elisa (2008)

Amnésie (2010)

L'autre (2013)

L'une ou l'autre (2021)

Sans illusion (2014)

Guérillera (2018) — **Prix Coup de cœur ACAI 2019** décerné par l'Association Comtoise d'Auteurs, Indépendante

Mélodie Lombardot

Rêve ! (2017)

Les contes de fer (2018)

A jamais (2019)

© 2022, Faure Lombardot Nathalie
Édition : BoD – Books on Demand, info@bod.fr
Impression : BoD – Books on Demand, In de Tarpen 42,
Norderstedt (Allemagne)
Impression à la demande

ISBN : **978-2-3224-0104-8**
Dépôt légal : Novembre 2021

Quatre temps, c'est le rythme de la vie : enfance, jeunesse, maturité, vieillesse.

Quatre temps, c'est le rythme des saisons : printemps, été, automne, hiver.

Quatre temps, c'est le rythme du Blues, du Rock, de la musique que nous aimons.

Quatre temps, c'est un temps pour rire, un temps pour pleurer, un temps pour aimer, un temps pour rêver…

Merci à Mélodie, ma fille auteure de talent, qui a bien voulu participer à ce recueil.

Merci à Jean-Marie SCHREINER (GRAPH'X25), créateur de la couverture, pour ses talents (d'infographiste et de musicien !), ses idées, sa disponibilité et son amitié…

Enfin, merci à mes proches et à mes lecteurs, à tous ceux qui m'ont donné l'envie de créer ce recueil.

Vous pouvez retrouver notre actualité sur nos sites :

http://nathaliefaurelombardot.jimdo.com

http://melodielombardot.jimdo.com

Quatre temps

Nathalie FAURE LOMBARDOT

& Mélodie LOMBARDOT

Un temps pour rire

Les joies de l'administration

Nathalie

Aujourd'hui est un jour très important pour moi. Imaginez : j'ai quarante ans et je m'aperçois que je ne suis pas fait pour la vie que je mène. Je travaille dans un bureau d'études, je suis responsable des achats pour une grande entreprise. Je passe mon temps entre mon ordinateur et mon téléphone, les fesses bien calées dans un fauteuil qui finit par me détruire le dos !

Il y a deux mois de ça, j'ai décidé de tout plaquer, de faire une demande de financement pour une formation de maraîcher. J'ai fait un prêt pour m'offrir du terrain : juste le nécessaire pour débuter. Et tout ça sans attendre la réponse de l'organisme de financement ni celui de l'organisme de formation.

Ma petite amie me tanne avec des théories sur les ondes positives, négatives, qui émanent de toi, des autres, des pierres, des oiseaux… Bref, au lieu de me moquer d'elle, comme d'habitude, j'ai essayé de faire semblant d'y croire et d'y mettre du mien ! Donc, je suis tellement positif que je largue tout sans garantie. Je supplie juste ma déesse Gaia (car en plus, je suis athée !

mais j'aime bien les croyances anciennes), de bien vouloir donner des ondes positives à mes futurs carottes, potirons, poireaux, et autres trésors de la nature !

 J'ai reçu très rapidement, au mois de mai, une réponse positive de l'organisme de formation, me demandant d'ores et déjà, de me trouver un stage pour fin septembre. Super, je vais pouvoir aller user mes jeans sur les bancs d'une école plutôt que sur les bancs de mon entreprise, pendant quelques jours. Puis très vite, je vais pouvoir profiter du bon air de la campagne, marcher dans la boue, sentir la bouse de vache, enfin profiter de tous ces plaisirs qu'offre la campagne. Voyez comme je positive !

 Ma demande de financement devait passer en commission début juin. J'ai appris mi-juin que je n'aurai pas de réponse puisque mon dossier a été perdu : l'organisme doute même que je l'aie bien transmis, rien que ça ! Ce n'est pas grave, restons positifs ! Je réimprime mon dossier (que j'avais pris soin de scanner, grand bien m'en a pris !). Je le retransmets pour la session de juillet. Sauf qu'en juillet, la bonne dame qui s'occupe de mon dossier est partie en vacances. Qu'à cela ne tienne, j'attendrai la session de début août ; après tout, mes cours ne commencent que le seize septembre. Sauf qu'au mois de septembre, madame *Formation* est en arrêt maladie à la suite de sa grossesse et elle risque de ne pas reprendre le travail avant plusieurs mois ! Lorsque je demande si quelqu'un peut gérer mon dossier à sa place, on me répond placidement :

 — Mais mon bon monsieur, chacun ses dossiers ! Vous croyez que j'ai qu' ça à faire ?

 — *Vous avez de la chance d'être occupée, là, parce que moi, je passe mon temps à faire de la dentelle anglaise !* ai-je envie de répondre. *Et d'abord je ne suis pas « bon », non mais ! Est-ce que je vous appelle ma p'tite dame, moi ? Alors que je ne connais même pas votre taille !*

Mais je me contiens et je me contente de marmonner que s'il faut attendre six ou sept mois pour obtenir une réponse, je changerai peut-être d'organisme. Et là, la « *p'tite dame* » se moque de moi en me répondant que je peux toujours essayer, vu qu'ils sont le seul organisme à gérer ce genre de dossier ! Là, vous les sentez, les ondes positives ? Parce qu'elles sont taquines, les vilaines ! Que je vous raconte... car je ne vous ai pas tout dit !

Début septembre, je passe un week-end chez mon cousin à Lyon, histoire de me déstresser et de tenter de récupérer un peu de sérénité. J'y perds mon portefeuille. Bien sûr, ça n'arrive pas qu'à moi ce genre de mésaventure, donc je positive ! Et je fais bien, car deux jours plus tard, mon téléphone sonne. Un gentil quidam (si ! Ça existe encore !) a trouvé mes papiers, dont ma carte d'identité, dans une poubelle. Il a cherché mon numéro de téléphone dans l'annuaire et m'appelle pour me prévenir qu'il a tout renvoyé à l'adresse de ma carte d'identité, en courrier recommandé. Super ! Je me suis bien entendu confondu en remerciements.

Mon amie m'a juste fait remarquer :

— Tu vois ? Quand tu positives, tout finit par s'arranger !

Ce à quoi je n'ai rien répondu, car d'une part, ça m'énerve qu'elle ait raison cette fois, et d'autre part, ce n'est pas parce qu'elle a raison aujourd'hui, qu'il faut en tirer une généralité !

Le douze septembre, c'est-à-dire hier, par téléphone, la « *p'tite dame* » de la formation m'a annoncé que mon dossier de financement était bien passé en commission et accepté. Merci mes ondes positives ! Pour valider définitivement mon dossier, je dois me présenter à l'organisme avec ma carte d'identité qui est arrivée ce jour à la poste, mais comme je n'étais pas à mon domicile au moment du passage du facteur, je ne pourrai la récupérer que demain au bureau de poste le plus proche. Qu'à cela ne tienne ! Tous mes soucis sont sur le point de se régler ! Comble de chance, le maraîcher le plus proche de mon domicile accepte de me prendre en stage une semaine fin septembre. Que du bonheur !

Le treize septembre (c'est un vendredi et je le précise pour les superstitieux : ça va être drôle), je me rends au bureau de poste avec l'avis du facteur pour récupérer ma précieuse carte d'identité. Là, derrière son guichet, une petite dame un peu rondouillette et à mon humble avis, pas loin de l'âge de la retraite, pose sur moi un regard que je qualifierais de bovin (ça, c'est mon attrait pour la campagne !).

— Oui ? Vous avez une carte d'identité ? me demande-t-elle d'une voix légèrement stridente.

— Justement, ma carte d'identité est dans l'enveloppe que vous avez entre les mains, et je viens la récupérer. Par contre, j'ai une photocopie de ma carte, que j'avais faite il y a quelque temps…

— Oui, mais moi, j'ai besoin de votre vraie carte d'identité, Monsieur, pas d'une photocopie !

— Je comprends bien, mais comme je ne l'ai pas, je vous propose soit la photocopie de ma carte d'identité, soit de vous montrer mon permis de conduire.

— Oui, mais moi, j'ai besoin d'une carte d'identité, Monsieur !

Là, je traverse un grand moment de solitude et je me demande si en fait, la dame derrière le guichet ne serait pas un robot venu du futur, avec à la place du cerveau un disque dur sur lequel une seule rengaine, destinée à faire renoncer le client, aurait été enregistrée. J'ai envie de hurler : *E.T. téléphone maison* ! Mais je doute qu'elle ait assez d'humour pour comprendre.

— Madame, expliquai-je à nouveau, calmement. J'ai perdu mon portefeuille dans lequel se trouvait ma carte d'identité. Quelqu'un l'a trouvé, me l'a renvoyé par lettre recommandée, qui se trouve être aujourd'hui, à l'instant présent, entre vos mains ! Vous avez donc ma carte d'identité, vous pourrez l'observer à loisir dès que vous aurez ouvert cette enveloppe.

— Mais Monsieur, je ne peux pas ouvrir cette enveloppe, je n'en ai pas le droit. C'est à vous de le faire ! s'offusque-t-elle.

— D'accord, sans aucun problème. Vous me donnez cette enveloppe, je l'ouvre, je vous montre ma carte d'identité et tout le monde sera heureux dans le meilleur des mondes.

— Oui, mais Monsieur, pour vous donner cette enveloppe, moi, j'ai besoin d'une carte d'identité ! réplique-t-elle revêche.

Là, plus de robot au disque dur rayé. Elle ne cherche même pas à réfléchir la bougresse ! Elle me fait penser à une vieille chouette qui parlerait avec la voix d'un pinson en rut ! (si, si ! Vous n'avez jamais entendu siffler un pinson en rut ? C'est terrible !).

— Madame, vous connaissez le sketch de Raymond Devos qui se nomme « L'enfer des sens » ?

— Non, jamais entendu parler, je ne vois pas le rapport !

— Ça n'a ni queue ni tête...

— Pardon ?

— Laissez tomber ! O.K. ! Là, on ne va pas y arriver, murmurai-je un peu désabusé, voire dépité. Si vous ne voulez pas de mon permis de conduire, quelle autre solution me proposez-vous ?

— Eh bien... Vous avez un passeport ?

— Non, je n'ai pas de passeport, je n'en ai jamais eu besoin jusque là.

— Eh bien... Je n'ai pas de solution, car je ne peux vous donner votre enveloppe que contre une carte d'identité ou un passeport.

— D'accord, je peux connaître votre nom, Madame ?

— Je m'appelle Bérangère Darmont, pourquoi ?

— Parce que Madame Bérangère Darmont, vous allez m'appeler votre chef, on ne va pas y passer la nuit.

Madame Darmont, surnommée par mes soins *Pinson en rut* se lève de sa chaise comme un diable sort de sa boîte et se rue d'un pas de taureau (pas forcément en rut, celui-là !) sur la porte du bureau de son chef.

Un petit bonhomme tout maigrichon, les lunettes en équilibre sur le bout du nez, s'approche du guichet. Je ne sais pas pourquoi, je le sens mal ! J'imagine bien un chat noir me souffler au visage depuis la chaise de *Pinson en rut* et un corbeau noir venir se poser sur l'épaule du fils de Sim et de Darry Cowl.

— Monsieur, que puis-je faire pour votre service ?

Je répète donc mon histoire : « j'ai perdu mon portefeuille, blablabla... cette enveloppe ».

— Bien, mais comme vous l'a expliqué ma collègue, Madame Darmont, nous avons des procédures très précises et très strictes et nous ne pouvons donc pas vous donner votre enveloppe si vous ne nous présentez pas votre carte d'identité !

Et là, je me sens sur le fil du rasoir, hésitant entre céder à la colère noire et asseoir Monsieur *Sim/Cowl* sur la tête de *Pinson en rut* ou me mettre à pleurer ! Contre toute attente, cette image qui m'est subitement venue à l'esprit, comme si je venais de franchir la porte d'une quatrième dimension, de *Sim/Cowl* posé sur la tête de *Pinson en rut*, me tourneboule les entrailles et donne lieu à un fou-rire terrible, viscéral, irrépressible. Je me mets à rire à m'en faire péter les cordes vocales, à en perdre le souffle. Derrière moi, plusieurs personnes attendent, interloquées, surprises, un peu atterrées, voire dépitées. Et moi, je suis là comme un abruti, à me tordre de rire. J'imagine des petits hommes habillés en blanc, intervenir rapidement, me sauter dessus avec une camisole de force, et mon fou-rire repart de plus belle.

— Monsieur, allez rire dehors s'il vous plaît ! hurle alors *Sim/Cowl* avec une voix de corneille aigrie. Il y a du monde qui attend derrière vous et nous avons du travail !

Toujours tordu de rire, je renonce et décide de battre en retraite. Une jeune fille qui se trouvait dans la file d'attente, sort derrière moi et m'interpelle. Elle rit presque autant que moi.

— Si vous voulez bien, quand vous serez calmé, je vous proposerai une solution. La même chose m'est déjà arrivée !

Comme si ces quelques mots avaient un quelconque pouvoir thérapeutique, je finis par me calmer.

— Je suis désolé, m'excusé-je, mais là c'est trop, mes nerfs me lâchent, je crois !

— Je comprends, mais d'un autre côté, c'est vraiment très drôle. Voilà, j'ai entendu que vous aviez une photocopie de votre carte d'identité. Signez-moi la procuration derrière l'avis de réception de votre lettre. J'ai ma carte d'identité, moi. Et vous me donnerez aussi la photocopie de votre carte d'identité, que vous allez signer aussi.

— Ça ne va pas marcher ! Ils ne veulent pas prendre une photocopie.

— Pour une procuration, si ! Regardez, c'est écrit là : « *Si vous n'êtes pas en capacité de venir personnellement récupérer votre recommandé, remplissez et signez la procuration ci-dessous. Le mandataire devra fournir sa propre carte d'identité et la vôtre ou une photocopie de celle-ci, dûment signée par vous.* »

— Mais c'est débile ! m'écrié-je surpris.

— Oui, mais on ne vous demande pas de réfléchir, juste de respecter scrupuleusement les consignes ! sourit la jeune fille. C'est comme ça que je m'en suis sortie, moi. Faites-moi confiance !

C'est ainsi que j'ai pu récupérer ma carte d'identité, ce qui m'a permis d'aller finaliser mon dossier de financement.

Le 16 septembre, j'ai pu intégrer ma formation, et le 30 septembre, je me présente chez le maraîcher qui a bien voulu m'accepter comme stagiaire dans son exploitation pour une semaine. Je frappe à la porte qui est d'ailleurs entrouverte. J'entends une voix féminine qu'il me semble reconnaître, mais que je n'arrive pas à identifier, qui me dit :

— Vous venez pour le stage ? Mon ami arrive...

J'entends des pas qui se rapprochent, la porte s'ouvre sur quelques mots :

— Ben, ne restez pas dehors, entrez !

Et là, la silhouette de la dame apparaît dans l'embrasure de la porte, je reconnais alors et la voix et la personne :

Pinson en rut !

Pâques pas comme les autres

Mélodie

À cet instant précis, je me suis dit que j'avais peut-être raté quelque chose. C'était un de ces moments où je faisais un genre de bilan : c'était donc ça, ma vie ! Bon, d'accord, le moment du bilan était un peu mal choisi. Je veux dire, ça vous arrive souvent de faire le point sur votre existence au beau milieu d'une course poursuite dans la rue en pleine nuit ? Il faut croire que ça m'arrive, à moi. Et tandis que j'étais là, au milieu de la route, propulsé par mes puissantes pattes de lièvre, la truffe et les oreilles au vent, les voitures freinant et dérapant autour de moi pour ne pas me cartonner, la cible toujours plus loin devant moi, ça m'a frappé : encore une super journée pour le Lapin de Pâques !

Moi, c'est Lucien. Lucien le Lapin (je sais, ne dites rien !). Le Lapin de Pâques. Si, si ! Celui qui apporte les œufs en chocolat aux marmots, tout ça… Mon prédécesseur, Germain, était plus trognon, il faut l'avouer, et il prenait son rôle de lapinou très à cœur. Un peu trop d'ailleurs, puisqu'il a fini par prendre sa retraite pour se reconvertir dans la carotte. Quand c'est arrivé, ça a pris l'Agence des Fêtes et Mythes Populaires au dépourvu, et ils n'ont pas eu d'autre choix : ils ont engagé Pete. C'est moi, Pete, c'est mon nom aux États-Unis. Pete the Rabbit. Allez savoir pourquoi, je trouve que la conversion en français est tout de suite moins classe... Bref, j'ai remplacé Germain à patte levée. Le fait que je fume trop et que je porte un blouson en cuir représente une « mauvaise image pour les enfants ». D'abord, en réalité, je suis un lièvre ! J'évite de le rappeler, c'est vrai. Les Français seraient capables de m'appeler Geneviève le Lièvre ! Oh, vous savez, il y a des avantages à faire ce travail : onze mois de congés payés, défraiement, tickets restau... Et surtout, je bosse avec Carrie. Ah... Carrie, ma jolie, ma mimi, ma sexy petite souris... Oui, oui, Carrie la petite souris des dents, pourquoi cette question ? Bon, peu importe. Il y a aussi les autres collègues : il m'arrive de croquer deux ou trois beignets et de boire quelques pintes avec Arlequin, le chef du département « Carnaval », et Patrick, le Leprechaun de... la Saint Patrick ! De temps en temps, on invite Jérèm', Père Noël stagiaire au département « Fêtes de fin d'année ». Je mène la belle vie, quoi ! En dehors du mois d'avril où il faut se remettre au boulot... Et la course poursuite ? Ah oui. Il va falloir que je vous en raconte un peu plus pour que vous compreniez. Quand on m'a filé le poste, on m'a confié la Cloche. Non, ce n'est pas une secrétaire, c'est une petite cloche en argent, que je fais tinter après chaque livraison d'œufs. Elle me téléporte illico chez les gosses suivants... en plusieurs exemplaires ! C'est pas mortel, ça ?! Sans elle, je ne pourrais jamais assurer toute la livraison de Pâques, ce serait impossible. C'est un objet auquel je tiens un peu, voyez-vous ? Or, plus tôt ce matin...

— Faut que j'aille m'acheter des clopes, grommelai-je en tâtant les poches de mon blouson dans l'espoir de trouver une petite rescapée à griller. Eh, les mecs, vous n'avez pas vu ma Cloche ?

Patrick grogna quelque chose d'inintelligible, d'une voix pâteuse, écrasé sur le divan de mon bureau.

— Patrick, on te l'a déjà dit, les pintes, c'est à la Saint Patrick ! réprimanda Arlequin de sa jolie voix chantante.

— Et alors ?!

— Et alors c'est déjà passé, ignoble ivrogne vert !

— Come on ! se moqua Patrick, tu l'as dit sans bafouiller, cette fois !

— La Cloche, les gars ! insistai-je, agacé.

Arlequin, hilare comme à son habitude, haussa les épaules devant mon regard noir. Appuyé dos au mur, il tenait une boîte de beignets dont il s'empiffrait allègrement. Ce que ce type peut avaler sans prendre un gramme ! La porte claqua à ce moment-là. Cupidon débarqua comme une flèche dans mon bureau. Surpris, Patrick lâcha une jolie éructation sonore.

— Mes chéris, c'est la panique ! expliqua posément Cupidon.

Mon humeur ne s'allégea pas. Comprenez-moi : un type en jupette débarque chez moi pour m'appeler « chéri »…

— Allons bon, quoi encore ? soupirai-je.

— Tu ferais mieux de ramener ton croupion de lapin à la fabrique, et pronto ! répliqua Cupidon, sèchement, si tu ne veux pas te faire sonner les cloches… On a un gros problème.

Assurément, ça sentait le civet. J'ai donc décidé de suivre le type en jupette, jusqu'à la fabrique de chocolat, tenue par M. Wonka. Un regard bref suffit à Arlequin pour qu'il comprenne et me suive. Il en fallut plus pour Patrick. Mais il en faut toujours plus pour Patrick.

— Salut les garçons, où vous courez, comme ça ?

Je freinai immédiatement le pas, et je me jetai au-devant de Carrie, en lissant mes oreilles vers l'arrière, mine de rien.

— Eh, eh, salut poupée, comment ça va ?

— Bof, trois molaires et une incisive en une nuit, sans compter les cadeaux à livrer : les mômes sont de plus en plus gâtés pourris. Je suis lessivée, mais tu sais ce que c'est !

Cupidon se racla la gorge, brisant le charme. Décidément, celui-là ne m'aidera jamais avec Carrie, c'est un comble ! Il doit avoir une dent contre elle... L'urgence me revint en mémoire. Carrie décida de nous accompagner à la fabrique, curieuse. Lorsque nous arrivâmes là-bas, l'infâme odeur du chocolat fondu, brassé par tonnes, nous attaqua les narines. Et sans nous laisser de répit, Jérèm' nous courut sus, se jeta à mes genoux en joignant les mains et en hurlant :

— Oh, bon sang, Lucien, tue-moi tout de suite ! Achève-moi !

— Minute : j'aime bien savoir pourquoi je massacre les stagiaires. Qu'est-ce qui... ?!

Sous mes yeux tout ronds tout trognons, dans un raffut de tous les diables, d'énormes œufs en chocolat sortaient de la machine. Ils n'étaient pas très... appétissants. Disons que, outre le fait que ces œufs en chocolat étaient... VIVANTS, la plupart d'entre eux étaient pourvus de pattes de crabes ou d'insectes, ou de tentacules dégoûtants, certains d'ailes de chauve-souris, et tous ouvraient une immense gueule pleine de crocs. Je craquai un peu :

— Jérémy, mon chou... QU'EST-CE QUE T'AS FOUTU ?!!

— Attends, je vais t'expliquer ! On m'a collé à la fabrique d'œufs de Pâques cette semaine. Et j'ai été débordé ! On a tous été débordés ! Alors j'ai demandé un peu de renfort... C'est le fils du Patron qui m'a envoyé des mecs... mais je crois qu'il avait changé un peu trop d'eau en vin pour fêter la Résurrection... Parce qu'il m'a envoyé des gars du département du « Mythe de Cthulhu » ! Regarde le résultat ! Et... Lucien, je suis désolé... Pour être partout à la fois, je t'ai emprunté la Cloche... Mais je l'ai lâchée dans le baril de chocolat, parce que je suis qu'une gourde ! Maintenant, en plus d'être super effrayants, les œufs peuvent se téléporter et se dupliquer !

— Tu avais raison, Jérémy... JE VAIS TE MASSACRER !!

Je saisis le père Noël stagiaire par le col et je lui secouai la tête à en décrocher son cerveau.

— C'est pas ma faute !! piailla-t-il en se dégageant. Le Père Noël m'a dit qu'un traîneau de fonction et des repas compris à la cantine, c'était déjà pas mal pour un stagiaire ! Il n'a pas voulu me prêter sa chaussette téléporteuse. C'est méchant, non ? geignit-il en se massant le cou. C'est pour ça que je t'ai piqué...

Je ne l'écoutais déjà plus. Il fallait agir vite, si je voulais sauver Pâques ! (Et mon job...).

— Arlequin, trouve-moi le Poisson d'Avril, qu'il saute dans ce baril de chocolat, et qu'il me sorte cette foutue Cloche ! Cupidon, fais diversion auprès du Patron et de Wonka : il ne vaut mieux pas qu'ils apprennent ce qui se passe ici... Carrie et Pat, avec moi. Arlequin, tu nous retrouves au traîneau de fonction. Et toi, mon gars, tu vas venir avec nous !

J'attrapai Jérèm' par la capuche rouge de Père Noël qu'il portait, avant qu'il ne s'esquive sur la pointe des pieds.

— Que le personnel stoppe la production immédiatement et mette de l'ordre dans ce bazar ! Les Cthulhu, vous rentrez dans votre département. Et que ça saute !! Et qu'on m'apporte un café !

Carrie me tendit un petit noir fumant, en me dévisageant de ses jolis petits yeux tout aussi noirs, avec un sourire coquin.

— J'adore quand tu joues les chefs, mon lapin...

Grrr... Oui, bon, on n'avait pas le temps de batifoler ! Nous quittâmes la fabrique d'un pas décidé, et nous nous dirigeâmes vers le parking souterrain de l'Agence, où attendait le traîneau de fonction. Petit traîneau rouge tiré par quatre petits rennes. J'arquai un sourcil (si on peut dire...).

— Ben quoi ? se vexe Jérèm'. Tu pensais qu'ils me refileraient la huit rennes de mon chef ? Je suis stagiaire, je te rappelle : S-T-A-J-I-R !

Oui, passons aussi... Arlequin nous ayant rejoints, nous pûmes décoller — façon de parler : Un quatre-rennes ne vole pas —.

La ville était déjà dans un triste état... Des œufs en chocolat géants et monstrueux sillonnaient les rues ou les survolaient et les plongeaient dans le chaos. L'un d'eux, doté d'une paire d'ailes ridiculement petites, voleta de-ci, de-là, et alla s'écraser contre une façade. L'explosion nous ébranla, nous vrilla les tympans et nous roussit le cuir.

— Sérieusement ? souffla Arlequin, les yeux écarquillés.

— Le type des effets spéciaux a eu la main lourde, lâcha Patrick.

Je me disais, aussi !... Le traîneau s'arrêta en dérapant sur les pavés de la place centrale. Autour de nous, les gens fuyaient en hurlant, les bras au-dessus de la tête pour se protéger des œufs volants, les voitures freinaient dans des crissements de pneus suraigus, ou leurs alarmes antivol piaillaient à m'en percer les oreilles. Nous semblions invisibles dans ce chaos, et nous étions sidérés par cette scène.

— Eh ben alors, les mecs ?! nous invectiva Carrie.

Sous nos yeux écarquillés (et ceux bovins et vitreux de Patrick), Carrie plongea les mains sous sa veste pour les ressortir serrées sur deux énormes flingues.

— C'est l'heure de la chasse aux œufs, lâcha-t-elle sur un ton digne de Rambo.

Ça, c'est ma souris ! Et elle avait raison. Enfin réveillés, nous nous décidâmes à nous armer. Patrick sortit de son grand chapeau vert un lance-bière, et Arlequin se servit de ses talents de magicien pour tirer de la poche de son pantalon en soie bariolée un délicat bazooka. Jérèm' sortit de son traîneau un fusil à fléchettes calmantes : pour quand ses rennes se font la malle, nous expliqua-t-il sobrement. Ainsi parés, nous pûmes commencer. Les œufs explosèrent sur notre passage, répandant leur chocolat sur les trottoirs. Plus gore qu'une pub pour Chocapic. Je vous passerai les détails, mais en résumé, nous n'y sommes pas allés de main morte ! Et le type des effets spéciaux non plus. Il nous fallut venir à bout de centaines d'œufs, encore et encore, qui tentaient de nous mordre, de nous étrangler de leurs tentacules ! Ce fut une sacrée bagarre. Quand nous pensâmes que c'était terminé, nous nous jetâmes des regards ravis et brillants de joie guerrière, haletants. Quand tout à coup, je sentis un truc me grimper dans le dos. Carrie poussa un cri. Patrick aussi :

— Bouge pas !!

Vous vous êtes déjà pris dix litres de bière en jet dans la figure ? C'est moins marrant que ça en a l'air.

Je déconseille ! La force du flux me projeta contre un mur et l'œuf monstrueux éclata en mille morceaux dans mon dos. J'étais trempé de bière et de chocolat, bonjour le mélange. Tandis qu'Arlequin invectivait Patrick, que Jérèm' se tordait de rire et que Carrie m'aidait à me relever, une voix nous interpella :

— Alors, les gars ? Comment ça se passe ? On s'éclate ?

Nous levâmes les yeux vers le porche de la mairie. Phil, le Poisson d'Avril, se tenait devant nous, droit dans ses écailles. Il avait l'air drôlement content de lui, le bougre.

— Comme tu peux voir ! Merci pour le coup de main, ironisa Arlequin.

Phil éclata de rire, faisant naître quelques bulles qui flottèrent en l'air avant d'éclater.

— Je savais que vous aimeriez ma blague... POISSON D'AVRIL !!

— C'est toi qui as monté ce désastre ?! s'indigna Carrie.

Phil entama une petite danse de la joie pour confirmer. J'apprendrai plus tard que Phil avait profité de ce que le Fils du Patron fêtait copieusement la Résurrection pour lui glisser l'idée d'envoyer les Cthulhu aider à la fabrique de chocolat. Il trouvait ça très, très drôle... Tout ça... Tout ce cirque... Une blague ?! Je vis rouge. Lui arracher les écailles une par une... lui faire bouffer ses branchies !

— Lucien ? s'inquiéta-t-il devant ma trogne de lapin tueur. C'était qu'une vanne, Lucien, détends-toi !

— YAAAAH !!!

— Aaaaaah !!! hurla-t-il en s'enfuyant.

Et voilà où nous en sommes. Course poursuite, bilan, tout ça. Croyez-le ou non, mais un poisson qui risque de finir en friture, ça court drôlement vite ! Pour finir, même avec ma vitesse de lièvre de compète, je n'ai jamais réussi à le rattraper. Ce lâche a bondi dans une rivière. Mais on dit que l'histoire a vite été étouffée et que le Fils du Patron a viré Phil pour le remplacer par Bill. Tout est bien qui finit en queue de poisson. Il ne me restait plus qu'à me doucher.

Arlequin proposa une réunion dans son département pour lever un verre à notre réussite, et au mois d'avril pourri qui s'annonçait. Heureusement que ma Cloche avait été retrouvée… Je n'avais toujours pas trouvé de cigarettes, tiens !… Jérèm' déclina l'offre :

— Cette histoire a fait de moi un homme, nous dit-il, et j'ai pris une décision. Je vais déclarer ma flamme à Marie-Noëlle.

C'était la fille du Père Noël.

— Et tant pis si elle me préfère Jean-Balthazard !

C'était le fils du Père Fouettard. Jérèm' nous salua sur ces bonnes paroles.

— Je lui donne un quart d'heure avant de revenir en pleurs, fit Pat.

— Amen ! renchérit Arlequin, en s'envoyant un beignet.

Cupidon, toujours en jupette, entra sur ces « entrefêtes » et se lança dans un glorieux discours pour nous féliciter. Je profitai de ce qu'il accapare toute l'attention des autres pour me tourner vers ma petite souris.

– Tu sais, Carrie, maintenant que tout est rentré dans l'ordre, il faut que je te pose une question…

Une question que je mourais d'envie de lui poser, depuis des jours, maintenant. Je plongeai mon regard dans le sien, et d'une voix suave, lui demandai :

– C'est quoi le rapport entre Pâques et la Résurrection ?

Chat-rade

Nathalie

Je me suis pris les pieds, ou plutôt l'esprit, dans les filets d'un amateur de jeux de mots ! Je me suis laissée séduire, comme ça, par un ami virtuel, sans le rencontrer vraiment, sans le connaître, il m'a amadouée. Les réseaux sociaux sont souvent décriés, voire critiqués. Pourtant, quand on sait s'en servir, ils sont un puits de pépites... pépites d'humour, pépites d'avis, pépites de découvertes, pépites de bêtises aussi. Bien sûr, un tri s'avère nécessaire...

Ce fut donc en surfant sur la vague d'un de ces réseaux que je fus harponnée par un habile érudit linguistique dont le pseudonyme m'amusa : Chat-rade. L'image qui illustrait cet amusant pseudo montrait un port empli de bateaux, mettant en valeur au premier plan un chat splendide ! Il était si mignon que cette effigie attira mon attention. Me prenant au jeu, je répondis à quelques-uns de ses messages. Il communiquait la plupart du temps, par charade, ce qui m'amusait beaucoup. Le soir, je me détendais en cherchant à déchiffrer ses intrigants messages. Très vite, le rendez-vous devint addictif.

Je me rendis compte qu'il me plairait de rencontrer ce charmant troubadour de la langue française et commençais à le questionner de la plus discrète des façons. Je crus comprendre qu'il était originaire du sud de la France : le chat à Toulon, devant la rade, c'était un peu facile !

Il m'apprit par exemple qu'il vivait dans une ville thermale : Aix-Les-Bains me sembla bien placée. Il me confirma d'ailleurs que sa ville se trouvait bien dans le Sud, qu'on pouvait y trouver un camping — chose étonnante pour une ville touristique, vous moquerez-vous — mais également une basilique, ainsi qu'une abbaye, dans laquelle il me donna rendez-vous pour la fin de l'été... si je parvenais à la situer, bien sûr ! Une telle éventualité aviva encore ma curiosité et piqua mon penchant pour les intrigues.

Il continua à me narrer l'existence d'un casino, d'un musée célèbre. Tout cela restait très vague, mais je trouvais bien une concordance avec La Seyne-sur-Mer, Marseille, ou encore Toulon. Il évoqua aussi une ville prospère à l'époque gallo-romaine. Tiens donc ! Se dirigerait-on vers Avignon, Nîmes ? Une base aérienne à proximité : j'y étais ! Orange !

Bon, je passais sur son baratin vantant des maisons ayant abrité des personnages historiques célèbres. Étant donné la richesse du patrimoine français, ce lieu pouvait correspondre à n'importe quelle ville digne de ce nom.

Ce fut quand il parla de dentelle que je me sentis un peu perplexe. Jusqu'au moment où je tombai sur un article du Var Matin qui vantait une jolie Varoise, travaillant la dentelle de Bayeux, élue meilleure ouvrière de France en cet été 2019 ! J'étais donc sur la bonne voie.

Enhardie par ma réussite et ma perspicacité, je m'impatientais de le rencontrer. Il me défia de le rejoindre fin septembre, dans la ville que je pensais avoir reconnue ! Au pire, me dis-je, je me payais un joli voyage, au mieux, nous nous rencontrions.

J'en étais encore à tergiverser sur « *J'irai, je n'irai pas...* » lorsque je rejoignis quelques collègues auteurs, romanciers, essayistes pour les journées du patrimoine, rendez-vous que je ne loupais sous aucun prétexte tous les ans. Retrouver des amoureux de la littérature sous des arcades millénaires, au creux d'une bourgade accueillante, au pied d'une Abbaye, que demander de plus ?... Une révélation !!!

Mon cœur bondit dans ma poitrine. Mon intrigant érudit devait se trouver là, parmi tous ces auteurs. Pourquoi aller chercher tant de merveilles si loin ? La ville thermale, j'y étais ! La basilique : il s'agissait de celle de Saint-Pierre ! L'abbaye ? Saint-Colomban bien sûr ! Là même où je me trouvais à l'instant présent. Un casino ? Il y était. Un musée célèbre ? Celui de la tour des Échevins, pardi ! Comment n'avais-je pas compris plus tôt de quelle ville il s'agissait lorsqu'il m'avait parlé de vestiges gallo-romains ? D'une base aérienne, de dentelle, de maisons de personnages célèbres. Citerais-je la Maison du Cardinal ou de celle de François 1er ? Avais-je tant envie de quitter ma belle région que je cherchais toute cette richesse culturelle si loin ? Et puis... nous nous trouvions bien au sud : celui des Vosges !

Mais où était-il mon bel inconnu ? Je croisais enfin son regard espiègle et amusé... en celui d'un ami que je connaissais pourtant bien, et que je retrouvais tous les ans lors de ce salon sous les arcades de l'Abbaye Saint-Colomban lors des journées du patrimoine ! Je vous le présenterai si vous me rejoignez… à Luxeuil !!!

Un temps pour pleurer

Le cadeau de Pâques

Nathalie

Le week-end de Pâques, je l'aime autant que je l'exècre. Pourtant, depuis tout petit, les fêtes de Pâques étaient pour moi synonymes de joie, de retrouvailles. Toute la famille se réunissait dans la ferme de mes grands-parents, nous nous retrouvions tous les douze, mes deux frères, mes cinq cousines, mes quatre cousins. Nous n'avions que quelques années de différence : quand j'avais douze ans, l'aîné, un de mes frères, avait seize ans, et la plus jeune, ma jolie cousine, en avait huit. Nos grands-parents nous concoctaient une immense chasse au trésor qui nous prenait la journée. Nous courions, fouillions le moindre taillis, faisions semblant de ne pas voir tous les œufs pour que la petite Nina en trouve aussi. Nous rentrions en fin d'après-midi, des paniers remplis de chocolat, que nous n'avions parfois plus la force de déguster… enfin, le jour même, car le lendemain déjà, nos provisions avaient allègrement diminué. C'était le bonheur. Puis nous nous séparions, demandant quand nous nous reverrions, et papy répondait invariablement, avec sa voix de ténor : « *Si Dieu le veut, à Pâques ou à la Trinité !* » Sincèrement, je ne comprenais pas vraiment ce que Dieu venait faire là-dedans.

Les années sont passées, nous avons grandi, puis vieilli, mais Pâques restait notre point de ralliement sur le calendrier. Puis un jour, quinze ans plus tard, un dimanche de Pâques, je suis entré dans cette pâtisserie, au coin de la rue. J'étais à la bourre et je n'avais pas pris le temps d'acheter le moindre chocolat pour mes neveux ni le moindre dessert pour mes parents. Je me suis trouvé face à une jeune femme qui a bouleversé ma vie, toi : ma petite étudiante qui arrondissait ses fins de mois en vendant des *trucs sucrés*, comme tu le disais en riant. Je ne sais plus ce que j'ai acheté ce jour-là, je ne suis même pas sûr d'être parvenu à aligner une phrase correctement. Je bégayais, balbutiais, j'étais fasciné. Je crois même que tu aurais pu me vendre le fonds de commerce à ce moment précis. Je me souviens juste que tu m'as proposé quelques œufs-surprises d'une qualité supérieure et d'un prix exorbitant. Je t'ai demandé si nous pouvions nous revoir, et tu m'as répondu, le plus simplement du monde : « *Allez savoir ? Peut-être à Pâques ou à la Trinité...* » J'ai littéralement fondu devant ton sourire.

J'ai donc forcé mes parents à se goinfrer de pâtisseries tous les week-ends suivants, juste pour le plaisir de te revoir. Je me languissais toute la semaine, ne rêvant qu'à la promesse du vendredi : t'approcher de nouveau, te parler. Ah, je m'en suis tapé des Paris-Brest, des figues et des tartelettes aux fraises, jusqu'à ce qu'enfin, j'aie l'immense plaisir de goûter à ton fruit défendu... et sacrément défendu, d'ailleurs, car au cas où tu l'aurais oublié, tu m'as fait galérer un moment.

Nous avons connu les affres des premiers rendez-vous, la passion des premières nuits d'amour, le plaisir de se retrouver tout simplement, de nous sourire sans même nous parler. Cette complicité, qui nous surprenait au début, est devenue une réalité de tous les jours. J'ai souhaité que tu viennes t'installer dans mon appartement, et tu me répondais : « *On verra... À Pâques ou à la Trinité... On a toute la vie devant nous* ». J'avais envie de te hurler que la vie est courte, qu'il ne faut pas perdre de temps, même si celui que nous passons à nous attendre, à nous désirer n'est jamais vraiment perdu.

Pâques est arrivé : tu ne m'avais pas menti ! Au lieu de trouver un lapin devant ma porte, ce dimanche-là, j'ai découvert mon étudiante préférée, une valise dans chaque main. Je n'osais y croire !
– *Bonjour ! Je viens m'installer chez Malo, est-il là ou serait-il parti avec les cloches ?* M'as-tu interpellée, hilare et moqueuse.

Ce fut le point de départ d'une année fantastique, merveilleuse, emplie de joie, de satisfaction, de réussite. Tu as obtenu tes examens, trouvé un emploi dans la foulée. Tu te sentais à l'étroit dans ma garçonnière, tu disais que tu avais besoin d'espace pour assouvir ta passion, que je ne partageais pas vraiment à l'époque. Mais comment te refuser quoi que ce soit ? Il suffisait que tu me fasses ta moue d'enfant battue, tu sais ? Celle avec tes grands yeux tristes et ton petit sourire en coin, qui laissait présumer déjà de ta victoire. Alors nous avons cherché la maison de nos rêves. Oh, rien d'exubérant ou de tape-à-l'œil, plutôt un petit nid douillet, chaleureux, dans lequel nous espérions enfermer notre bonheur, de peur qu'il ne se sauve. Nous avons donc trouvé cette petite maison au fond d'une impasse, avec un joli terrain arboré, entouré d'une barrière blanche et nous l'avons achetée sans négocier, sans même hésiter. Nous avons emménagé... une semaine avant Pâques ! Quelle rigolade quand nous nous sommes rendu compte que chacun à notre tour, nous avions caché des œufs dans le jardin, à l'attention de l'autre.

    Peu à peu, tu as évoqué le fait que la maison te semblait souvent vide, il y manquait quelque chose. J'évitais le sujet, ne sachant que te répondre, et n'en ayant d'ailleurs pas envie. Quand tu insistais, je répondais laconique : « *Qui sait ? Peut-être à Pâques ou à la Trinité...* » Comment pouvais-je imaginer que tu me prendrais au mot ?

    Pâques revint, avec ses cloches, ses lapins, ses poussins, ses œufs... Ceux que je découvris cette fois, devant notre porte, dans un charmant petit panier de paille tressée, me stupéfièrent, paralysant mes sens, mes membres, mon cerveau : il s'agissait d'un œuf bleu et d'un œuf rose. Les lettres dorées dansaient devant mes yeux sans que je comprenne d'abord leur sens : sur l'un était noté *Léo*, l'autre portait la mention de *Léa*. J'ai d'abord cru à une plaisanterie, mais j'ai vite déchanté devant ton regard sérieux. D'abord ces prénoms... un peu tirés par les cheveux, non ? Et puis deux ? Un plus un ? Ce n'était pas ainsi que j'avais imaginé les choses... Enfin, ce sont des sujets qui se discutent, qui se décident à deux justement ! J'avais vraiment l'impression d'avoir été mis au pied du mur. D'ailleurs n'était-ce qu'une impression ? Bon, je n'avais plus le choix de toute façon. Et puis tu en avais tellement envie, tu semblais tellement heureuse. Il allait juste falloir s'organiser. Se faire à l'idée, s'y préparer et... s'organiser.

Dire que je n'appréhendais pas, aurait été un mensonge. Je n'étais pas prêt, je n'en avais pas vraiment envie. On était tellement bien tous les deux. Ça voulait dire aussi, se préoccuper d'autres que soi, d'autres que toi. En étais-je seulement capable ? Tu prenais tout l'espace, aussi bien dans ma vie que dans mon cœur. Il n'y avait plus de place disponible, plus de temps à leur consacrer sans te sacrifier. Et toi ? Ne me négligerais-tu pas à leur profit ? Étais-je jaloux ? Pas vraiment, mais inquiet, oui, sûrement.

Et pourtant, dès leur arrivée à la maison, j'ai compris que tu avais gagné, qu'un cœur n'est jamais trop plein. Ils étaient si adorables, un peu différents, mais tellement débordants de vie, de douceur, de ressources. Comment de si petites choses pouvaient-elles prendre tant de place dans une vie ? C'était tellement grisant, mais aussi terrifiant, de réaliser à quel point un être vivant pouvait dépendre de vous. Très vite, je me suis demandé comment nous avions fait pour vivre sans eux. Et bizarrement, ils nous ont encore rapprochés, si tant est que nous nous soyons éloignés.

Puis Pâques est revenu : les cloches sont parties, mais ce n'est pas le lapin de Pâques qui est venu frapper à ma porte, ce samedi-là. Ce sont des messieurs en uniforme bleu, avec des têtes *pas tibulaires* du tout. Je ne comprenais pas ce qu'ils disaient, je ne voulais pas comprendre. Je leur ai expliqué que tu étais partie en ville, chercher les chocolats que nous avions commandés pour le lendemain, que tu n'allais pas tarder. Je ne comprenais pas pourquoi ils me parlaient de camion, pourquoi voulaient-ils que je les suive à l'hôpital, que je m'assoie peut-être ?

Je n'avais jamais imaginé qu'on puisse passer du bonheur total au vide sans fond, du blanc au noir, sans la moindre nuance, pas de gris, pas de degré intermédiaire, pas de solution miracle, que la douleur, la perte de repère, le vide, puis le questionnement. Bizarrement, les seules questions qui tournaient en boucle dans ma tête étaient : pourquoi toi ? Pourquoi maintenant ? Pourquoi à Pâques ? Cette fête m'avait tout donné et venait de tout me reprendre... enfin pas tout. Il me restait Léo et Léa, sortis d'œufs rose et bleu.

Ils ont réagi mieux que moi, et plus rapidement surtout. Ils t'ont cherchée bien sûr, tu leur as tellement manqué, tu leur manques encore aujourd'hui, certainement. Mais ils n'ont jamais rien lâché, surtout pas moi. Ils ont su me tirer du néant, me forcer à avancer. Combien de fois ont-ils accumulé les pitreries jusqu'à ce que je sourie, voire que j'en rie. Et quand malgré tout, ils n'y parvenaient pas, ils venaient se blottir contre moi, soupirant à qui mieux mieux, partageant ma détresse et ma tristesse, me démontrant ainsi que je n'étais pas seul à souffrir. Quand je me sentais au bord du gouffre, il suffisait que je croise le regard profond d'un des deux, pour relever la tête et retrouver mon équilibre, et je sens, je sais aujourd'hui que tu me parles à travers eux.

Petit à petit, j'ai retrouvé ma sérénité. La douleur est toujours là bien sûr, mais je l'ai enfouie au fond de moi, comme si j'avais peur qu'on me la vole. Tu me disais en parlant d'eux qu'ils nous emmenaient chaque jour dans « *un petit coin de paradis* ». Ils font bien plus que ça en fait, ils diffusent de la douceur, de la tendresse, du bonheur pur et simple. Il suffit que je me laisse tomber dans le canapé pour qu'ils me sautent dessus, qu'ils se pelotonnent contre moi, qu'ils me câlinent comme personne ne saurait le faire, pour que le brouillard se dissipe et que je retrouve un peu de ciel bleu.

Aujourd'hui, c'est dimanche... dimanche de Pâques, je les regarde qui trépignent devant la baie vitrée, ils me jettent des regards pleins d'envie, pleins d'angoisse : va-t-il ouvrir ? Ils savent, ils sentent que des friandises sont cachées un peu partout dans le jardin. Je voulais oublier cette tradition, mais je n'ai pas pu : elle me colle aux basques. Et puis tu serais tellement déçue, n'est-ce pas ? Je m'approche de la porte vitrée, je pose la main sur la poignée : la tension est à son comble ! J'ouvre et je les regarde s'élancer comme des dératés : ils sont magnifiques, pleins de noblesse, d'agilité, leurs longues oreilles au vent. Ils sont magnifiques, *Léo* et *Léa*, mes deux... pardon ! Nos deux Cavaliers King Charles, découverts dans des œufs rose et bleu.

Sauvage

Mélodie

Il n'y a pas si longtemps, je vivais dans un village, au cœur de la nature : un territoire vierge et sauvage, d'une beauté farouche et traître. J'y vivais avec ma famille plutôt nombreuse et avec tous les miens. Nous vivions, respirions, courions sous le bleu du ciel, libres et sans maître ! Oui, il fallait se battre et faire preuve de courage pour survivre, se nourrir. Il fallait se méfier des prédateurs et les garder à distance, tout comme nos rivaux... J'ai été confronté à de nombreux dangers, à bien des périls, mais jamais je ne m'étais mesuré à un chasseur aussi féroce... Ce prédateur rôdait autour de chez nous, s'insinuait sur nos terres, en prenait possession pour en jouir à sa guise. Sa meute était de plus en plus fournie, et ils chassaient, éparpillés dans la savane, toujours plus nombreux. Ils tuaient nos semblables, les traquaient sans relâche pour les massacrer, les dévorer ou se pavaner avec leurs dépouilles. Je ne voulais pas y croire et pourtant, j'y étais déjà confronté. J'ai vu les carcasses d'animaux, j'ai vu le sang, j'ai vu les traces... Quel genre de monstrueuse bête peut faire preuve d'autant... de sauvagerie. Le danger de plus en plus prégnant nous força à nous en aller : il fallait s'éloigner et fuir le prédateur. Nous avons longtemps cherché un nouvel endroit où vivre. Partout, le monstre nous pourchassait, où que nous allions, aussi vite que nous courions. La nuit, les ombres s'étendaient, menaçantes : il pouvait être partout... Peu importe l'endroit, ses pas avaient piétiné le sol et ruiné nos chances. Nous pouvions sentir sa présence non loin de nous, repérer ses traces et nous avions des aperçus de ses méfaits... Jusqu'à ce que l'une d'entre nous, partie en quête d'un point d'eau, tombe entre ses griffes. Elle ne revint jamais. Nous la cherchâmes, l'appelâmes, nous la pleurâmes... Mais nous ne la retrouvâmes jamais.

 Ça ne pouvait plus durer. Mes enfants étaient en danger. Mon peuple était en danger. Je ne le permettrais pas plus longtemps. Je décidai de me mettre en chasse. Peu importe ce qu'il m'en coûterait, peu importe le temps que cela me prendrait ! Cette bête sauvage s'était emparée de mes terres, des proies qui me permettaient de subsister, avait chassé et tué mes voisins, mes amis, mes semblables, et dévastait ce pays que j'aimais tant. Il était temps de faire front. J'allais mettre un terme à cette histoire. Je mis tous mes talents de chasseur au service de cette traque, toutes les fibres, tous les muscles de mon corps, tous mes sens tendus et concentrés sur cet unique but : venir à bout de mon sauvage et sanguinaire ennemi... Et reprendre ce qui m'appartenait de droit !

 Cela ne dura pas longtemps, quelques jours seulement. Le prédateur et moi nous tournions autour, nous jaugeant, nous mesurant. Il laissait des traces très particulières, peu discrètes : il ne se privait pas de faire étal de sa foi en lui-même, de sa domination. Mais un jour viendrait où cela prendrait fin ! J'en viendrais à bout, je le croyais et le voulais !

Ce jour-là, il faisait beau et chaud sur la savane. Le temps était à la sieste et à la langueur. Tout était calme... Excepté pour deux êtres : le chasseur et le prédateur. C'est en ce jour fatidique que nous nous affrontâmes enfin. C'est ce jour que je le vis pour la première fois et que je le trouvai plus petit que ce que j'avais pu imaginer. Pourtant, quelque chose dans son regard cruel dénué de clémence, m'effraya plus que tout. Mais cette peur me stimula. Je ressentis soudain chaque battement de mon cœur plus intensément, je sentis le sang dans mes veines, bouillir et palpiter, comme autant de tambours de guerre, je ressentis profondément chaque respiration qui gonflait mes poumons. C'était l'heure. La lutte fut rude, sans merci et d'une violence sans commune mesure. Chacun de nous avait la rage de vivre et donc de vaincre. Notre sang macula l'herbe de la plaine, nos rugissements bestiaux percèrent le silence, faisant fuir à grands bruits tous les oiseaux et troupeaux environnants. Pourtant, l'affrontement fut aussi bref que terrible.

Je me souviens du silence. Ce silence si soudain, seulement brisé par ma respiration, plus forte et plus douloureuse de seconde en seconde. Je me souviens de la terre dure sous mon corps tandis qu'étendu sur le flan, la vie me désertait. J'écarquillai les yeux, la bouche grande ouverte pour tenter en vain de trouver mon souffle, quand le prédateur s'approcha lentement de moi. Il se tenait là, au-dessus de moi, dominant, cruel et sans limite. Je contemplai, tandis que l'ombre m'envahissait lentement, mon vainqueur, celui qui m'avait défait. Celui qui s'était autoproclamé roi sur mes terres, celui qui s'était approprié ma vie, mon domaine, mon peuple et mes sujets. Celui qui piétine, qui prend, qui jette, qui détruit sans scrupules, sans se retourner. Je contemplai le plus cruel, le plus féroce, le plus tyrannique des prédateurs de cette Terre. Je contemplai l'Homme qui braquait désormais son fusil sur moi. Moi qui fus jadis, de tous les animaux, le Roi…

Adieu Luxeuil

Nathalie

*Nouvelle qui a reçu le prix Coup de Cœur
de la Ville et de l'Office de tourisme de Luxeuil en 2021.*

Adieu Luxeuil ! Je crois que je ne suis pas près d'arpenter de nouveau tes rues, pensé-je tristement. Je regarde le carré de ciel bleu que j'aperçois derrière ces grilles verrouillées et je soupire lourdement. Je ne comprends pas ce que je fais ici, pourquoi je suis enfermée, pourquoi ma vie a soudain viré au cauchemar. Je n'avais rien demandé, moi, sinon de continuer à vivre comme avant, à tes côtés. Je n'ai jamais été très exigeante ou capricieuse. J'étais toujours d'accord avec toi, toujours prête à te suivre, à t'aider, à t'aimer. M'en voilà remerciée. Je me retrouve derrière ces barreaux, certainement pour le reste de mes jours. C'est injuste, je ne pense pas avoir mérité ça. Après tout, c'est toi qui as tout cassé entre nous…

Tout avait si bien commencé pourtant. Nous nous sommes plu au premier regard. Du jour au lendemain, tu es entré dans ma vie et dans mon cœur. Nous avons appris à nous connaître, à nous comprendre, à tout partager. Nous faisions tout ensemble, nous ne nous séparions que lorsque nous n'avions pas d'autre choix. Nous étions heureux et je pensais que ce serait pour toujours.

L'un de nos plus grands plaisirs, souviens-toi, était de nous promener ensemble, côte à côte, tous les jours, par n'importe quel temps, peu importait la saison. Nous divaguions dans Luxeuil. Nous arpentions le centre de cette si jolie ville aux nombreux monuments emblématiques que nous ne nous lassions pas d'admirer. Nous descendions la rue Victor Genoux, contournions le musée de la tour des Échevins avec ses quatre beffrois et ses trois échauguettes, en face de la maison du Cardinal Jouffroy, pour emprunter la petite rue de la Tour, puis gagnions la rue de la Tour du bailli afin de passer devant l'hôtel Thiadot qui abrite aujourd'hui la bibliothèque municipale, puis longions la basilique Saint-Pierre dont tu me contais invariablement l'histoire, traversions la place du même nom en direction de l'Hôtel de Ville. Et quand il faisait vraiment très chaud, nous nous arrêtions quelques minutes sous les arcades de l'abbaye Saint-Colomban, juste le temps de goûter à la fraîcheur et à la sérénité de ce lieu magique, à l'ombre des vieilles pierres. Parfois, nous nous contentions de nous balader jusqu'aux Thermes... Nous rentrions un peu las, mais tellement sereins. Tu nous servais à boire puis nous nous installions sur notre terrasse, à l'ombre de notre haie en été. Nous nous recroquevillions l'un contre l'autre sur le canapé l'hiver, quand la promenade nous avait gelés jusqu'aux os. Tu mettais alors la télé, peu importait le programme, nous passions des heures lovés l'un contre l'autre. Nous nous endormions même là, parfois.

Puis le jour fatidique est arrivé, sans crier gare, sans que tu n'aies jamais rien laissé paraître. Tu n'as même pas eu le courage de me dire ce que tu pensais, m'expliquer pourquoi tu désirais te séparer de moi. J'avais vieilli, je ne t'intéressais plus autant qu'avant, je suppose. D'autres jeunettes avaient-elles attiré ton regard ? D'ailleurs, je suis peut-être déjà remplacée.

Comment ai-je fait pour ne rien voir venir ? Étais-je si naïve ? Étaient-ce mes sentiments à ton égard qui m'ont aveuglée ? Était-ce moi qui avais tellement changé que je ne satisfaisais plus à ta compagnie ? D'accord, quelques petits soucis de santé sont venus contrecarrer nos plans. Nos promenades se sont faites plus courtes, j'ai pris un peu de poids, c'est vrai. Mes jambes et mon dos vieillissants ont commencé à me faire souffrir. Je me fatiguais plus vite.

Mais toi ? Ne t'es-tu jamais remis en cause ? As-tu seulement réfléchi avant de prendre la décision de me quitter ? Crois-tu que le temps n'a pas eu de prise sur toi ? Toi aussi tu as vieilli, tu t'es aigri, ton physique a changé, tu as perdu ton humour et ton espièglerie. Et pourtant, pour rien au monde, moi, je ne me serais détournée de toi. J'étais prête à tout supporter — je l'ai d'ailleurs toujours fait sans rechigner — même tes coups de colère inutiles, tes brimades parfois si cruelles.

Mais voilà... Toi, tu es un homme ! Et moi, je ne suis... je n'ai été qu'une compagne parmi tant d'autres, une compagne devenue trop vieille, une pauvre chienne qui t'a aimé inconditionnellement et qui malgré tout, t'aimera jusqu'à la fin de ses jours, qui mourra seule et malheureuse derrière ces barreaux, dans un chenil, loin de toi, loin de Luxeuil...

Un temps pour aimer

Différence de point de vue

Nathalie

Elle était tellement nerveuse qu'elle en éprouvait du mal à respirer. Bientôt, il serait là, devant elle. Il lui faudrait lui parler, l'affronter, s'emplir le cerveau de son image. Comment réagira-t-il ? Pouvait-elle espérer le convaincre ? Espérer qu'il la prenne dans ses bras, lui pardonne, lui avoue qu'elle lui avait manqué ? Ou se montrera-t-il inflexible, lui demandant de l'oublier ? Ses tripes se tordaient au creux de son ventre. Et elle ? Quelle attitude allait-elle devoir adopter ? Pourrait-elle seulement en adopter une, ou resterait-elle benoîtement bouche bée, incapable de dégoiser un mot ? Elle savait d'ores et déjà que la rencontre serait une épreuve. Elle comprendrait qu'il soit en colère, qu'il lui en veuille. Mais bon sang, elle avait tellement besoin de lui aujourd'hui, plus que jamais ! Comme si elle avait senti sa présence, son regard se posa sur lui, de l'autre côté de la vitre, alors qu'il descendait de voiture. Son cœur s'affola brusquement. Était-ce bien lui ? Elle dut lutter contre une soudaine envie de courir se cacher. Elle n'était même plus sûre, en cet instant, de pouvoir tenir debout ou prononcer seulement une parole. Elle regretta d'avoir tant tenu à le voir l'après-midi même. Son avion s'était posé en fin de matinée, elle avait juste déposé ses affaires dans sa chambre d'hôtel, l'avait appelé sans attendre. Elle aurait dû prendre son temps, se reposer, réfléchir à ce qu'elle allait lui dire, la façon dont elle allait le faire. Il semblait tellement plus grand, plus impressionnant que dans ses souvenirs forcément trompeurs. Sa démarche souple et virile, sa tenue vestimentaire à la fois sportive et cool, tout dénotait chez lui une classe, une confiance en lui, un charisme tout à fait stupéfiants. Elle eut juste le temps de noter qu'il avait l'air soucieux, les traits tirés. Elle le perdit de vue alors qu'il entrait dans le bâtiment. Il s'arrêta à l'entrée de la salle, la cherchant du regard. Assise derrière un paravent de plantes vertes, elle savait qu'il pouvait la repérer de dos. Elle n'eut pas le courage de se retourner et de l'affronter du regard, pas encore... D'un pas vif et rapide, il traversa la salle, contourna prestement le massif artificiel.

— Nina ?

Elle sursauta en tournant un visage tourmenté vers lui, se leva lentement, n'étant pas sûre que ses jambes la soutiendraient. Il s'arrêta face à elle, sans chercher à l'approcher, à la toucher. Elle attendait de sa part une réaction, un mot... Mais rien ne vint. Il se contenta de la regarder encore et encore, comme s'il n'était pas sûr de ce qu'il voyait. Elle avait eu beau se préparer à l'affronter, s'attendre à être confrontée à sa beauté, la réalité dépassait tout ce qu'elle avait pu imaginer. Il était beau à en crever ! Il ne s'agissait pas d'une beauté pure aux traits réguliers et parfaits, c'était bien plus troublant. Son visage oblong, ses yeux d'un bleu gris percutant, son teint mat, ses lèvres épaisses, ses cheveux mi-longs, si épais, si rebelles. Un instant, elle ressentit leur aspect soyeux et fourni lorsqu'elle enfouissait ses doigts dans sa chevelure. Elle ressentit à la fois la dureté et la douceur de ses lèvres sur sa peau, elle pouvait encore sentir son parfum légèrement musqué, la fermeté de sa peau, de son torse contre elle... Tous ses souvenirs tactiles ne firent qu'aggraver son trouble. Maladroitement, un peu trop rapidement, elle s'adressa à lui :

— Bonjour ! Tu vas bien ?... On peut s'asseoir...

Sans un mot, il tira sa chaise, l'aida à s'installer, puis prit place en face d'elle.

— Ben salut ! finit-il par laisser tomber de sa belle voix grave. Ça fait drôle de te revoir dans le coin. Tu t'es perdue ou tu fais du tourisme ?

— Un peu les deux, murmura-t-elle, suivi d'un petit rire nerveux, ne pouvant ignorer l'ironie de sa remarque. En fait, j'avais besoin de revenir... Ça a l'air d'aller toi, reprit-elle gênée par son silence.

— Ça va. Ça pourrait être pire !

— Hum !... Tu... tu m'en veux beaucoup, n'est-ce pas ?

— Oui !

La réponse tomba comme un couperet. Elle le savait, elle s'y attendait. Alors pourquoi avait-elle tant de mal à retenir ses larmes ? Les yeux baissés, elle luttait pour faire disparaître ou au moins tenter d'atténuer la boule qui lui obstruait la gorge.

— Pourquoi tu m'as fait ça ? gronda-t-il à son tour, d'une voix si basse qu'elle en était à peine audible, mais dans laquelle vibrait une accusation sans équivoque.

La tête baissée, elle ne put que la faire légèrement osciller, incapable de répondre.

— Est-ce que tu as seulement une idée de ce que tu m'as fait endurer ? continua-t-il sur le même ton. J'ai eu peur, je t'ai cherchée, j'ai passé des centaines de coups de fil...

— Je t'ai laissé un message, souffla-t-elle. Je savais que tu me chercherais...

— Au bout de trois jours, oui ! Trop sympa de ta part ! Tu n'as même pas eu le courage de me dire que tu partais, tout simplement !

— Tu m'aurais laissée partir comme ça ? Sans rien me demander ?

— J'avais peut-être droit à une explication, non ? Me laisser un message sur un répondeur... Je le connais ?

— Qui ?

— Ne te fous pas de moi !

— Je t'ai dit que je te quittais, que je partais avec un autre... uniquement pour que tu ne cherches pas à me retrouver, que tu m'oublies... mais il n'y a jamais eu personne d'autre que toi !

— Bien sûr ! ironisa-t-il. Tu es partie sur un coup de tête et six mois plus tard, tu te dis que tu t'es peut-être trompée, alors tu reviens, comme si rien ne s'était passé et tu m'appelles ! Arrête de te foutre de ma gueule. Qu'est-ce que tu veux ? Il s'est cassé ? Tu ne sais plus où aller, alors tu reviens la gueule enfarinée en pensant m'attendrir ? Qu'est-ce que tu attendais de moi ? Que je t'accueille à bras ouverts en oubliant instantanément ce que tu m'as fait vivre ?

— Est-ce que tu m'aurais crue si je t'avais dit que je te quittais par amour ? Que je n'arrivais plus à vivre comme ça ? tenta-t-elle de s'expliquer alors que les larmes commençaient à couler sur ses joues, la voix devenue aiguë à force de lutter contre les sanglots. Je n'étais pas à la hauteur, je n'avais pas le droit de rester et de te condamner à vivre avec moi alors que tu méritais tellement mieux !

— Oh non ! Tu ne vas pas me faire ça ? Tu ne vas pas oser quand même ? murmura-t-il en souriant amèrement, se laissant tomber contre le dossier de sa chaise. Tu oses jouer sur la corde sensible à ce point ? Tu vas me sortir les violons, là ?

La gorge douloureuse, elle ne pouvait plus prononcer un mot, luttant contre les larmes comme elle pouvait. Elle n'y arriverait pas… Elle ne le convaincrait pas, il refuserait de comprendre.

— Je croyais qu'on était un couple heureux, reprit-il presque agressivement, qu'on pouvait tout envisager à deux, qu'on pouvait tout partager. On devait toujours être là l'un pour l'autre ! C'est même toi qui me l'as fait comprendre, ça ! Alors, pourquoi avoir tout cassé d'un coup ? Tu vas me faire croire que c'est à cause d'une soudaine prise de conscience ? Et aujourd'hui encore, tu n'as même pas le courage d'avouer que tu t'es barrée avec un autre, que ça n'a pas marché et que c'est pour ça que tu reviens ? C'est toi qui as tout foutu en l'air, pas moi ! Je t'aurais décroché la lune si tu me l'avais demandé à cette époque. Mais c'est trop tard aujourd'hui ! Tu es partie, tu m'as quitté, tu te souviens ?

Relevant la tête, elle se força à croiser son regard, prit un nouveau coup en plein cœur en se rendant compte qu'il avait, lui aussi, les yeux pleins de larmes.

— Je me suis toujours battue, murmura-t-elle enfin. Je pouvais tout supporter… La solitude, la douleur, la peur… Mais pas ta compassion… Je pouvais supporter mon problème, seule… mais je n'avais pas le droit… de t'entraîner avec moi… Je ne voulais pas… te forcer… à finir ta vie avec moi… par devoir, par obligation…

Il resta un instant silencieux, la fixant, puis exhala un profond soupir de lassitude, il murmura :

— Ma compassion ? Si tu penses vraiment ça, c'est que tu n'as rien compris, ou que tu ne m'as pas suffisamment fait confiance. Et je continue à croire que tu cherches à me faire culpabiliser pour obtenir mon pardon. Ton problème ? reprit-il, mais tu pouvais le régler ton problème ! C'était juste une question de volonté. Qu'est-ce que tu comptes faire maintenant ? Tu vas rester ici ?

—… Ça dépend de toi, souffla-t-elle.

— Ah non ! répondit-il du tac au tac, un petit sourire triste au coin des lèvres. Ça n'a jamais dépendu de moi : la preuve ! Aujourd'hui, ça ne dépend toujours pas de moi ! Je ne te demanderai plus jamais de rester ! ajouta-t-il doucement en se levant. Tu as bien su te débrouiller pour partir une fois, tu peux le faire une seconde fois.

Il quitta la salle sans un mot de plus, sans un regard en arrière, presque précipitamment. Il monta dans sa voiture et démarra sur les chapeaux de roue, comme s'il s'enfuyait.

Nina essuya soigneusement le tour de ses yeux, retenant à grand-peine ses sanglots. La peau autour de ses paupières commençait à la brûler. Elle remonta dans sa chambre, sans précipitation, presque avec résignation.

— *Et voilà* ! pensa-t-elle ironiquement. *Comment foutre sa vie en l'air en une leçon !*

Elle avait tellement mal que paradoxalement, elle ne ressentait plus rien qu'un grand vide, un gouffre dans lequel elle avait l'impression de tomber. Elle laissa la porte claquer toute seule et s'assit sur son lit. Elle avait tellement espéré qu'il l'écouterait, la comprendrait, se jetterait dans ses bras, trop heureux de la retrouver. Mais dans le fond, elle savait ! Elle savait qu'il ne lui pardonnerait pas ! Un homme comme lui, qui avait des centaines de possibilités, ne pouvait pas fonder sa vie sur sa relation avec une fille comme elle. Le conte de fées était fini, c'était elle qui était partie, il le lui avait répété. Elle entendit soudain résonner à ses oreilles, les remarques acides de Claudia, sa principale rivale, quelques mois auparavant : « *Pas d'affolement ! Il ne va quand même pas passer sa vie avec une fille comme elle ! Il en aura bientôt marre de jouer les nounous ! Quand elle ne l'intéressera plus, il passera à une vraie gonzesse, une qui soit à sa hauteur ! Un mec pareil avec elle ? C'est donner de la confiture à un cochon !* » Elle en avait pleuré des heures et des heures. Et de nouveau, les larmes inondaient son visage. C'est ce jour-là que la vérité lui avait éclaté au visage : il ne la quitterait jamais ! Il resterait par pitié. Elle ne le méritait pas. Elle n'avait pas le droit de rester et de lui gâcher la vie. Il n'avait pas à se sacrifier. D'ailleurs un jour, il le lui reprocherait. Il lui avait fallu prendre une décision : c'est ce qu'elle avait fait. Elle lui avait menti pour le préserver, pour qu'il ne cherche pas à la retrouver, à la faire changer d'avis. Elle savait qu'elle lui ferait du mal au début, mais c'était pour la bonne cause. Elle savait aussi qu'il s'agissait d'un quitte ou double. Elle gagnait : ils vivraient heureux. Elle perdait : il aurait au moins une chance d'être heureux… avec quelqu'un d'autre ! Elle se laissa tomber de tout son long sur le lit et laissa éclater ses sanglots.

Elle resta longtemps allongée sur le dos à contempler le plafond, ce putain de plafond dont elle ignorait même l'existence quelques mois auparavant. Elle était allée au bout de son rêve. Bien ! Et ça lui apportait quoi, maintenant qu'il n'était plus là pour en profiter avec elle ? Mais dans le fond, il n'était pas le centre du monde, celui-là ! Il était vexé ? Tant pis pour lui ! Elle allait pouvoir vivre normalement à présent, même sans lui ! Et puis des hommes, il y en avait plein les rues... Pas des comme lui, d'accord ! Mais... mais pas des comme lui, justement ! Il était le seul, l'unique. Et c'était lui qu'elle aimait, avec lui qu'elle voulait vivre ! Comme chaque fois qu'une nouvelle vague de larmes menaçait de la submerger, elle fermait les yeux, serrait les poings et tentait de penser à autre chose. Un doute s'insinua en elle : avait-il compris ce qu'elle avait fait ? Elle repassait en boucle dans sa tête leur entretien. Elle ne l'avait pas dit explicitement, mais c'était évident, non ? Sa façon de la regarder... Il avait compris ? Peut-être... ou peut-être pas. Devait-elle le rappeler pour le lui expliquer plus précisément ? Elle doutait qu'il lui réponde. Et s'il le faisait, elle risquait d'entendre de nouveau : « *tu me prends pour un imbécile ?* »

Elle avait fini par décider qu'il savait et qu'il ne voulait pas qu'elle reste, donc elle avait rangé ses affaires. D'abord, elle n'avait pas sorti grand-chose, comme pour conjurer le sort. Elle repartit pour l'aéroport. Elle n'en pouvait plus de cette chambre d'hôtel étriquée, froide et impersonnelle.

À peine avait-il démarré qu'il alluma rageusement une cigarette. Il se sentait tellement énervé, qu'en trois bouffées elle rendit l'âme. Il la jeta furieusement par la fenêtre. Il était censé rejoindre les autres, mais il ne le put pas. Il rentra directement chez lui, se laissa tomber sur le canapé, sans allumer, et laissa éclater son chagrin. Décidément, il n'arrivait pas à faire une croix sur elle, sur leur passé.

Quand le téléphone sonna, il ne répondit pas. Le répondeur le fit à sa place.

— Thomas, je suis en bas, près de ta voiture et comme il n'y a pas de lumière chez toi, je monte, O.K. ? se fit entendre la voix de Paul, légèrement inquiète.

Quelques secondes plus tard, on frappait à la porte. Il ne se donna pas la peine de répondre, de nouveau. Alors Paul entra.

— Qu'est-ce que tu fous dans le noir ? s'inquiéta ce dernier en allumant.

À la mine défaite et effondrée de son pote, à sa façon de s'essuyer furtivement les yeux, il comprit que tout n'allait pas bien dans le meilleur des mondes.

— Qu'est-ce que tu viens faire ici ? demanda Thomas.

— Ben, quand je suis arrivé chez toi, ta sœur m'a dit qu'*elle* avait appelé, et que tu étais parti comme un fou. On était tous contents ! Du coup, j'allais au ravitaillement, et en passant, j'ai vu ta voiture. J'ai appelé, pas de réponse ! Alors dans le doute, je suis venu voir si tout allait bien !... Apparemment, ça va mal ! C'était une fausse alerte, ce n'était pas elle ? C'est ça ?

— Si ! Elle est à l'hôtel de la gare !

— Vous vous êtes parlé ? ... J'ai envie de dire que c'est génial ! reprit Paul devant le hochement de tête de son ami, mais vu ta tête, je ne sais pas encore où est le problème, et qu'est-ce que tu fous là tout seul si elle est revenue ?

— Le problème, murmura Thomas la gorge de nouveau serrée, c'est que je ne sais pas pourquoi elle est revenue. J'ai appris à vivre sans elle, maintenant !... Je pensais qu'elle était partie avec un mec, mais elle a l'air de dire que ce n'est pas le cas, qu'elle m'a quitté pour me rendre service en quelque sorte. Elle prétexte que je restais avec elle par compassion, que je méritais mieux, des conneries comme ça !

— Thomas, depuis le début, je te dis qu'elle n'est pas partie avec quelqu'un d'autre. Je la connais bien, je suis persuadé, encore aujourd'hui, qu'il y avait autre chose. Tu n'as jamais voulu m'écouter !

— Tu veux dire quoi ? Qu'elle est partie à cause de son handicap ? Parce qu'elle pensait que je n'étais pas capable de le supporter ?

— Tous les deux, nous savons que tu étais capable de le supporter, oui. Mais elle ? Essaie de te mettre à sa place : elle ne supportait plus de t'imposer de vivre avec une handicapée ! Les autres lui faisaient parfois sentir. Tu sais comment sont les nanas entre elles : elles ne se font pas de cadeau. J'en ai entendu une un jour, dire qu'un mec comme toi avec une fille comme elle, c'était du gâchis ! Tu crois qu'aucune gonzesse jalouse ne lui a jamais dit en face que tu méritais mieux qu'une handicapée ?

— Je ne veux pas entendre ce genre de connerie !

— Ben c'est bien là le problème ! Tant que tu ne voudras pas entendre ça, tu ne comprendras pas ! Tu ne l'as jamais écoutée quand elle a essayé de t'en parler. À ton avis, elle était où ces six derniers mois ? Qu'est-ce que tu crois qu'elle a fait ?

— J'en sais rien et je ne veux pas le savoir !

— C'est dommage ! Parce qu'elle est peut-être partie pour tenter de régler son problème. Elle t'a raconté sur le coup qu'elle était partie avec un mec pour ne pas que tu la rejoignes, au cas où ça ne marcherait pas ! Elle avait peut-être plus peur de ta réaction en cas d'échec que de l'échec en lui-même !

— C'est n'importe quoi, murmura Thomas en relevant lentement la tête.

Sauf qu'au fond de lui, un déclic venait de se déclencher. Et si Paul avait raison ?... Non, il l'aurait remarqué ?... À moins que... Elle lui en aurait parlé tout à l'heure, non ? Sauf qu'elle avait très peu parlé dans le fond ! Elle était bouleversée... Il se remémora chaque instant de leur rencontre. Dès son arrivée, il l'avait dévisagée parce que quelque chose avait changé en elle. Il n'arrivait pas à définir quoi !

Les deux amis se dévisageaient, l'un sûr de lui, l'autre indécis, quand le téléphone sonna de nouveau. Thomas, perdu dans ses pensées ne répondit pas. La voix impersonnelle du répondeur retentit une nouvelle fois, quémandant un message. Ce fut la voix éraillée de Nina qui prit le relais, de façon hachée, saccadée. Elle pleurait, cela ne faisait aucun doute. Thomas prit sa tête dans ses mains, comme pour ne pas entendre, mais Paul savait qu'il écoutait.

— Thomas... Je savais que tu m'en voudrais... Je me doutais que tu réagirais comme ça... Depuis le début, je savais... Mais pour être en paix avec moi-même, je me devais de faire ce que j'ai fait... Je devais affronter cette épreuve seule... Je t'aime à la folie, comme je n'ai jamais aimé, comme je n'aimerais certainement jamais plus... Tout ce que je voulais, c'était que tu sois heureux et tu ne pouvais pas l'être complètement avec moi, quoi que tu en dises... Combien de temps tu aurais supporté de vivre avec une handicapée ?... Oh, je sais que tu n'aurais jamais utilisé ce terme... Peut-être même que tu ne me considérais pas comme ça, toi ! Mais ton entourage, si !... Un jour où l'autre, tu aurais fini par les écouter, par te lasser... Je ne regrette pas ce que j'ai fait... Je préfère être malheureuse seule, que te savoir malheureux avec moi... Puisque tu ne me demanderas plus jamais de rester, je repars... Je voulais juste te dire au revoir...

Une dernière fois... Et te demander pardon pour tout le mal que je t'ai fait !

Sa voix s'était brisée, juste avant qu'elle ne raccroche.

— Elle a dit «*je ne regrette pas ce que j'ai fait !*» suggéra encore Paul.

— Elle parlait du fait de me quitter, s'entêta Thomas.

— À ta place, moi je vérifierais ! lança Paul avec une moue sceptique.

Ce dernier avait rejoint la porte d'entrée, laissant son ami en proie à ses doutes et ses incertitudes. Juste avant de partir, il se retourna et murmura à son intention :

— Si tu la laisses repartir, c'est que t'es le roi des cons !

Le bruit de la porte qui claqua dans son dos retentit comme un signal dans le cerveau embrumé de Thomas. Il fallait qu'il en ait le cœur net. De toute façon, il était malheureux comme les pierres depuis six mois...

Quand il arriva à l'accueil de l'hôtel, le guichetier désolé lui répondit qu'elle était partie. Il le regarda d'abord incrédule. Ce n'était pas possible, il n'allait pas la perdre de nouveau, comme ça, juste pour une question de minutes ? Il sauta de nouveau dans sa voiture et fonça sur l'aéroport. L'idée saugrenue d'appeler l'accueil pour lancer une alerte à la bombe l'effleura, mais il la chassa avec un demi-sourire. Eh oui ! Il était même capable de ça pour la retenir.

Il la repéra de loin, dés son arrivée dans le hall immense, assise dans un coin, près d'une vitre ! C'était un signe, non ?

Une voix résonna dans les haut-parleurs :

— Les passagers à destination de Paris sont invités à gagner le hall d'embarcation…

Elle se leva lentement, ramassa son sac de sport comme s'il pesait une tonne et toute la misère du monde sur les épaules, se résolut à prendre la direction de la porte.

— Nina !

Sa voix résonna dans tout le hall et elle la reconnut instantanément. Elle l'aurait reconnue parmi des milliers. Elle ne se retourna pas, le cœur battant plus fort. Et si elle rêvait ? Si c'était le fruit de son imagination ? Si elle se retournait et qu'il n'était pas là ? Elle accéléra le pas, mais s'arrêta à quelques centimètres de la porte d'embarcation. L'hôtesse lui adressa un sourire :

— Il y a un problème Mademoiselle ? Vous embarquez ?

— Nina ! Si tu passes cette porte, ce ne sera plus jamais la peine de revenir !

Alors seulement, les larmes dégoulinant sur ses joues, elle se retourna, pour se trouver face à un Thomas plus beau que jamais : les yeux pleins de larmes, le tee-shirt tiraillé, enfilé comme à la hâte, les cheveux aux mèches rebelles ébouriffées. Il n'avait plus cet air si sûr de lui, ce regard ironique et cruel. Il avait l'air d'un enfant devant un ours en peluche qu'il désirait plus que tout, ne sachant pas s'il l'obtiendrait. Cette image la fit sourire. C'est alors qu'il comprit ! Paul avait raison ! Nina le regardait… vraiment. Elle n'était plus aveugle.

Divine

Mélodie

Elle m'a eu, oui. C'est comme ça, c'est arrivé. Je n'ai pas pu résister. Elle était belle, elle était douce, elle m'appelait. Tous les autres sont tombés dans le piège, ils m'ont dit d'essayer, que c'était bon, que ça en valait la peine. Alors je les ai écoutés, j'ai essayé, je me suis laissé aller.

Elle sentait bon, elle avait la peau blanche... Elle m'a fait prisonnier, et je le voulais. Elle m'a rendu fou, et grand, et fort, et puissant. Je l'ai prise, encore et encore, toujours plus, toujours plus, toute la nuit durant. Plus de douleur, pas d'épuisement. C'était pour une nuit seulement.

Et pourtant... plus le temps passait, et plus je la voulais. Elle m'habitait, et me hantait... Je l'ai cherchée, partout et sans arrêt. Je l'ai retrouvée, m'en suis enivré. Elle ne m'a plus abandonné, plus jamais quitté. Tout me semblait irréel et beau, à ses côtés. Elle était là, plus besoin de travailler, plus besoin de bouger. Elle était désirable, elle était douce, elle était blanche, elle était indispensable. La sentir faisait battre mon cœur plus fort, je souffrais tant je l'aimais. Plus besoin d'amis, plus besoin de famille, puisque je l'avais. Elle m'avait doucement enchaîné.

Elle m'a fait croire à des délices, jamais je n'ai vu ses vices. Jusqu'à ce que sans mal elle m'asservisse. Plus que la peur, la douleur et le malheur, plus que ses sévices. Elle m'a mis au supplice. Pourtant impossible de m'en détacher, de m'en détourner. Elle était tout ce qui comptait, elle m'était vitale, elle m'était fatale. Elle m'a capturé, n'était-ce pas ce que je voulais ? Puis un matin, elle n'était plus là. Plus rien d'elle ne me restait, seule la souffrance me vrillait.

Je l'ai traquée, cherchée, pistée... Mains crispées, membres contractés, il me la fallait, je devais la trouver. Elle m'avait dépouillé, isolé, asséché, achevé. Elle m'avait échappé. Seul, plus besoin de s'attarder. Sans elle, une telle douleur, que je ne pouvais supporter. Elle était ma dernière pensée, quand du pont je me suis jeté.

Elle aura eu ma vie, cette damnée, cette soufrée. À présent enterré, mon corps délabré abandonné, je peux prononcer son nom sacré. Ma divine, mon héroïne... *Cocaïne*.

Le cavalier inconnu

Nathalie

Joannie mit fin à la communication téléphonique. Ce qu'elle craignait depuis quelques semaines, voire quelques mois, venait de se produire. Elle n'en était pas à sa première déception, tant s'en faut. Depuis quatre ans, elle cumulait les déconvenues, les coups durs, retournements de situation. Le sort s'acharnait sur elle. C'était même presque drôle comme elle finissait par prendre les mauvaises nouvelles avec une certaine résignation, presque une fatalité.

Le résumé de sa vie tenait en quelques mots. Elle était née sous x, avait été confiée dès son plus jeune âge à une famille d'accueil aimante qui l'avait par la suite adoptée. La maman d'adoption était décédée, vaincue par le crabe alors que Jo n'avait que seize ans. Le papa avait suivi deux ans plus tard, victime d'un accident de voiture. Entre-temps, Jo avait rencontré Noah de deux ans son aîné. Elle était en terminale, il était « pion » dans son lycée. Ils étaient tombés follement amoureux et ne s'étaient plus quittés. Sa liaison amoureuse l'avait aidée à passer le cap du retour au statut d'orpheline. De plus, la famille de Noah était devenue sa famille, les amis de Noah, ses amis. Sa vie ne tournait plus qu'autour de lui. Elle avait obtenu un BTS, avait trouvé rapidement un emploi, ce qui avait permis au jeune homme de continuer ses études. Trois ans plus tard, ce dernier était à son tour devenu salarié. Ils s'étaient installés ensemble et avaient filé le parfait amour pendant encore cinq belles années, tout du moins, c'était l'image qu'ils donnaient… jusqu'au jour fatidique où Noah avait cédé aux avances d'une autre femme, d'une allumeuse que pourtant, tout le monde avait vu arriver. Noah s'était senti piégé entre son coup de foudre pour l'autre et son affection profonde pour Joannie, conscient du mal qu'il lui faisait. Contre toute attente, la rupture fut consommée. L'univers de cette dernière s'écroula. Leurs proches insistèrent pour rester en contact avec la jeune femme, mais la mort dans l'âme, elle coupa totalement les ponts, incapable de continuer à fréquenter des personnes qui lui rappelleraient immanquablement son amour perdu. Sa descente aux enfers dura plusieurs mois. Elle finit par apercevoir une petite lueur au bout du tunnel en faisant deux nouvelles rencontres. Suite à une réorganisation au sein de l'entreprise dans laquelle elle était employée, elle fit la connaissance de Maëlis, une collègue qui devint rapidement une copine, puis une amie sincère et loyale, la meilleure qu'elle eut jamais espéré. L'autre rencontre qui fit prendre à sa vie un nouveau virage fut celle avec son nouveau supérieur hiérarchique, Grégoire. Il lui fit vite comprendre qu'elle l'attirait très fortement. Il était jeune, bel homme, très attirant et charismatique. Elle ne s'interdit pas de débuter une liaison avec lui. Consciente que son cœur resterait définitivement dévolu à Noah, il lui fallait faire contre mauvaise fortune bon cœur sous peine de devenir une célibataire endurcie, aigrie et de faire de la solitude son unique compagnon de route. Elle finit par sincèrement s'attacher à lui. Ils se marièrent rapidement et projetèrent de fonder une famille. Les six premiers mois de leur vie conjugale furent idylliques. Puis le premier nuage apparut dans le ciel bleu de leur couple. Joannie tomba enceinte pour leur bonheur réciproque, mais une fausse-couche tardive vint faucher de plein fouet leur projet familial. Greg en particulier, vécut mal ce qu'il considérait comme un échec. Il fit néanmoins preuve de compassion et d'une relative compréhension jusqu'à la seconde grossesse. Celle-ci n'aboutit pas non plus. La perte de leur bébé à plus de six mois de grossesse ne laissa aucune chance à leur couple. Sans l'énoncer ouvertement, Greg tenait sa femme pour fautive et s'en détourna peu à peu. Joannie, en proie à une profonde souffrance, renoua avec l'état de dépression qui l'avait déjà submergée trois ans auparavant. Elle se battait à présent pour garder la tête hors de l'eau et n'avait plus assez d'énergie pour tenter de sauver son couple. Peu à peu, la peine et la frustration firent place à la résignation. Peut-être n'était-elle pas faite pour la vie de couple, encore moins pour être mère. Il fallait qu'elle l'accepte pour continuer à avancer.

  C'est dans ce contexte que son amie Maëlis lui annonça qu'elle et Hugo, son conjoint depuis plus de deux ans, avaient décidé de se marier. Elle tenait absolument à ce que Joannie soit son témoin et qu'elle l'aide à la préparation de la fête. Elle l'entraîna dans un tourbillon d'activités tel que Jo en oublia presque la misère de sa propre existence. Elle prit avec philosophie la décision de Greg d'accepter une mission longue durée à l'étranger. Il partit pour une année en Espagne, laissant entendre que peut-être, cette séparation leur serait bénéfique, peut-être sauveraient-ils les meubles. Joannie s'accrocha à cet espoir comme à une bouée de sauvetage.

Le mariage avait lieu dans exactement six jours. Joannie en proie à une certaine excitation, faisant un transfert sur le bonheur de son amie, en avait presque oublié ses propres problèmes qui venaient par un simple coup de fil, de lui éclater à la figure. Dans un premier temps, elle posa son téléphone portable sur la table basse et se laissa tomber sur le canapé, cachant son visage dans ses mains. Inspirant profondément, elle reprit l'appareil et envoya un simple SMS à Maëlis.

« Vraiment désolée ma belle, mais je ne viendrai pas à ton mariage. C'est mieux comme ça, et pour toi ! »

Il ne se passa pas une demi-heure avant que la principale intéressée tambourine à sa porte.

— Tu plaisantes, j'espère ! s'écria celle-ci en entrant dans le salon à grandes enjambées. Qu'est-ce qui te prend ? Tu ne peux pas me faire ça, tu n'en as pas le droit !

— Maë, je ne veux pas gâcher ta fête, je ne serai pas de bonne compagnie… Comment te dire…

— Ben vas-y ! Dis-le tout simplement ! Qu'est-ce qui se passe ?

— Je viens d'avoir un appel de Greg. Il demande le divorce !

— Ah ! Je ne veux pas être désagréable, mais ce n'est pas vraiment une surprise, si ? Ça fait des mois que rien ne va plus entre vous, vous êtes devenus des étrangers l'un pour l'autre. Tu es malheureuse avec lui parce que son égoïsme et son égocentrisme t'étouffent ! Je suis désolée Jo, mais pour moi, c'est une bonne nouvelle ! Et c'est pour ça que tu m'abandonnes ?

— Il devait rentrer pour le mariage, juste pour le week-end. Il ne le fera pas. Je ne me sens pas la force de venir me mêler à vos proches, à vos amis. Je… je ne me suis jamais sentie aussi seule. Tout le monde va être en couple et me questionner. Et je vais répéter à qui mieux mieux : *je suis en plein divorce* !

— Et alors ? Il vaut mieux être seule que mal accompagnée. Tout le monde divorce aujourd'hui, ce n'est pas une tare…

— Je te rappelle que tu es sur le point de te marier ma belle, sourit Joannie avec un rictus ironique.

— Oui, bon… Pas tout le monde, d'accord ! pouffa Maëlis. Tu sais très bien que je ne peux pas me marier sans toi ! J'ai besoin de ta présence ! C'est toi qui as tout organisé depuis le début !

— Et tu me vois pleurer du début à la fin ?

— À cause du divorce ?

— Pas que… En fait, Greg vient de m'apprendre qu'il est parti en Espagne avec une autre femme !

— De mieux en mieux celui-là, vociféra Maëlis. C'est aussi bien, il partira plus vite.

— Ils vont avoir un enfant, murmura Joannie au bord des larmes.

— Oh, ma chérie, murmura Maëlis compatissante. Écoute-moi ! La nature est bien faite. Si tu n'as pas pu avoir d'enfant avec lui, c'est que c'était écrit ! Mon mariage tombe à pique. Ça va te changer les idées de faire la fête… Et puis, ça m'arrange que Greg ne soit pas là, car ça règle un de mes problèmes. Le meilleur ami d'Hugo est célibataire depuis un bout de temps. Il a eu une relation avec une bimbo, a quitté sa gonzesse sur un coup de tête. Ensuite, il a viré sa poupée Barbie. Et aujourd'hui, il regrette amèrement sa connerie, mais c'est trop tard. Bref, je ne savais pas qui lui proposer comme cavalière.

— Oh ! Trop sympa ! sourit Joannie à travers ses larmes. Un looser ! Et pourquoi ne va-t-il pas la retrouver, son ex ?

— Parce qu'elle ne l'a pas attendu et qu'elle s'est mariée depuis ! Bref. Il est beau comme un Dieu, je suis sûre qu'il va te plaire ! Et du coup, vous aurez plein de sujets de conversation ! En plus, c'est le témoin d'Hugo, je ne peux pas le laisser seul à table ! Allez, dis oui !

— Tu es complètement folle, ma pauvre !

Joannie finissait de se préparer. Comme à chaque fois, elle avait cédé à son amie. Afin de lui faire plaisir, elle avait fait un effort surhumain en prenant rendez-vous chez un coiffeur et une esthéticienne. Elle s'était offert une tenue hors de prix, sur le compte de Greg soit dit en passant, il lui devait bien ça. Elle ferait bonne figure pendant la cérémonie pour Maëlis. Mais ensuite, elle ne manquerait pas de se montrer désagréable et bougonne avec le cavalier que son amie lui avait imposé et qu'elle n'avait aucune envie de rencontrer. Elle partirait juste après la pièce montée, et basta. Elle se sentait coupable de ne pas parvenir à partager le bonheur de son amie. Celui-ci lui faisait mal, et pourtant, elle aimait tellement Maëlis. Mais voilà, des années à faire semblant, ça lui pesait trop à présent. Elle serait à ses côtés, ferait juste ce qu'il fallait, puis elle s'effacerait.

Elle arriva sur le parvis de l'église déjà bondé, juste avant la mariée. Celle-ci apparût, diaphane et immaculée dans une superbe robe de dentelle écrue, elle rayonnait. Elle se dirigea droit vers Joannie, lui murmura à l'oreille qu'elle la trouvait magnifique, et la prenant par le bras, l'entraîna vers la foule.

— Je vais te présenter le témoin d'Hugo et ton cavalier ! claironna-t-elle.

Elle chercha quelqu'un du regard et l'aperçut juste derrière son amie. Elle lui fit signe et l'interpella :

— Viens que je te présente ta cavalière ! Voici mon amie Joannie !

Cette dernière se retourna vivement et fit face à... Noah !

Un temps pour rêver

Révélation

Nathalie

Comme à mon habitude le week-end, je me levai tard. J'adorais faire la « grasse mat » le samedi, ce qui avait le don d'énerver Pierre, mon cher et tendre sportif matinal, dynamique, plein de principes, mon homme parfait en quelque sorte. Le salon se trouvait dans la pénombre, car le grand écran au mur diffusait une émission sportive qui retenait toute l'attention de mon chéri. C'est pour cette raison que le volet de la baie vitrée était partiellement fermé : pour éviter aux méchants rayons de soleil de venir perturber l'image de la télévision. Une odeur de café planait dans la pièce. Il provenait de la tasse de Pierre, l'unique tasse qu'il avait préparée d'ailleurs.

— Salut, lançai-je d'une voix encore ensommeillée.

Il marmonna ce que je pris pour une réponse, sans seulement se retourner. Au bout de cinq ans de vie commune, j'étais encore — et toujours, malheureusement — déçue de découvrir qu'il ne m'avait pas préparé le moindre petit-déjeuner, même pas un café ! Cependant, le connaissant, je savais que cette idée ne lui avait pas seulement effleuré l'esprit. Le vainqueur de la dernière course automobile, les résultats des matchs de la veille — de tous sports d'ailleurs — avaient tellement d'importance que la moindre minute était primordiale.

Je me préparai donc un plateau déjeuner et sortis sur la terrasse par la porte-fenêtre de la cuisine. La clarté extérieure m'éblouit un instant et je me sentis immédiatement envahie par la douce chaleur du soleil qui caressait ma peau. Je me gorgeai de ses rayons, étendant mes membres encore engourdis, je souris en me disant que cette journée serait très belle, sans aucun doute.

À peine avais-je fini mon dernier biscuit et terminé ma tasse que le téléphone sonna dans le hall. J'entendis la douce voix de Pierre m'interpeller :

— Caro, téléphone !

L'appareil le dérangeait dans son intense concentration sportive. Je me levai donc pour répondre.

— Caro ? C'est Flo. Ça va ? chantonna la voix joyeuse de ma meilleure amie qui ne me laissa pas le temps de répondre. Ce soir, il y a une super soirée au bord du lac avec concert-apéro en fin d'aprèm, feu d'artifice sur le lac et baloche à l'ancienne. Tu viens ? On va tous se retrouver là-bas !

Elle perçut, bien entendu, mon hésitation. Pierre n'aimait pas ce genre de soirée ; il n'aimait pas mes amis. Du coup, je les voyais très rarement le week-end. Bien sûr, comme il me le faisait remarquer, je pouvais les voir n'importe quel jour de la semaine alors que lui ne rencontrait les siens qu'en fin de semaine. Je devais être compréhensive ! Et puis mes fréquentations étaient toutes un peu... Enfin mes amis n'avaient rien en commun avec les siens : tous de grands sportifs dont les sujets de conversation atteignaient un niveau autrement plus élevé que ceux qui concernaient la musique de sauvage que mes fréquentations écoutaient. Nos soirées bruyantes, arrosées de bières, ne l'attiraient pas plus que ça. Lui au moins passait des nuits à discuter sport, voitures, vacances coûteuses, autour de whisky de luxe ou de champagne : ça avait une autre gueule, non ? Peu lui importait que je m'ennuie avec les conjointes de ses amis qui n'avaient que « mode, stretching, bijoux et cosmétiques » à la bouche. J'étais malheureusement larguée par leurs sujets de conversation et ne m'y immisçais que très peu. Pierre excusait mon isolement et mon mutisme par une trop grande timidité de ma part !

— Euh... Pierre a peut-être prévu...

— On s'en fout de Pierre ! Il nous gonfle, tu n'es pas son esclave, tu le sais ? S'il ne veut pas nous rejoindre, viens sans lui, ça t'évitera de passer une nouvelle soirée à t'ennuyer avec ses bimbos à la manque.

Je jetai un rapide regard par-dessus mon épaule comme si Pierre avait pu entendre les paroles de mon amie.

— Caro, c'est le 14 juillet ! Révolution, ma belle ! reprit-elle d'une voix enjouée. Oublie ton mec parfait pour un soir et viens faire la fête : la vraie !

— O.K., je vois... et je te rappelle ! coupai-je rapidement avant d'avoir à subir son éternel sermon : « tu as vingt-huit ans, tu n'es plus une petite fille qui doit obéir à son homme, nous sommes au vingt et unième siècle. Ton horloge biologique tourne, tu perds les plus belles années de ta vie à suivre un mec certes charismatique, mais tellement égoïste et égocentrique.

Tu es libre de t'éclater de temps en temps, et patati, et patata... »

Ce genre de conversation finissait invariablement en début de conflit. Et comme ni l'une ni l'autre n'avions vraiment envie de nous disputer, nous finissions par nous taire, nos silences en disant tellement plus long. Elle n'aimait pas Pierre et il le lui rendait bien !

— Flo vient d'appeler, lançai-je à la cantonade en le rejoignant au salon. Il y a une soirée festive au bord du lac, avec feu d'artifice et...

— Je vois, ronchonna-t-il. Ça va être génial, musique rock, bière, tout le monde va être bourré et va vomir partout, ouais !!!

— Ben tu sais quoi ? Tu vas rester devant ta télé à te goinfrer d'émissions sportives jusqu'à la tendinite et te déguster un bon petit whisky sur ton canapé. Moi j'y vais ! répondis-je sur un ton agacé, surprise moi-même par ma répartie.

Ensuite, comme si ma bouche parlait d'elle-même sans mon autorisation, je continuai :

— Et je boirai de la bière et je vomirai toute seule comme une grande, ouais, ça va être l'éclate !

Je quittai la pièce à la fois confuse, perturbée par mes propres paroles et paradoxalement contente de les avoir dites, tuant dans l'œuf la colère qui menaçait de monter en moi.

Pierre me retrouva à la salle de bains.

— D'accord, si tu veux y aller, on y va, concéda-t-il. Pas la peine de te fâcher pour si peu.

Sa réponse me laissa sans voix : il cédait tellement facilement. Ce n'était pourtant pas la première fois que je tentais de m'opposer à lui, que je me fâchais, que j'insistais. J'obtenais rarement gain de cause. Bien sûr, j'apprendrai par la suite qu'aucun de ses amis n'était disponible ce soir-là, d'où sa reddition !

— Il est bientôt midi, on mange quoi ? lança-t-il en redevenant lui-même.

— On a le temps, c'est le week-end et c'est férié.

— Non, je pars à treize heures trente avec Charles et Jules entre autres, on va plonger, tu nous accompagnes ?

Je savais qu'il ne s'agissait pas d'une question. Cela voulait dire d'une part que je devais me dépêcher de préparer le déjeuner et d'autre part, que mon après-midi était déjà planifié. Pierre estimait normal que je les emmène en voiture, que je les attende et que je les ramène. C'était une façon pour moi, argumentait-il, de partager sa passion, sauf que sa passion, je la partageais en passant l'après-midi au bord du lac à les attendre. Heureusement que j'aimais lire. J'excusais ma servilité en me mentant à moi-même : cela avait du bon de passer l'après-midi toute seule, ça me donnait l'occasion de lire tout mon saoul. Sauf qu'aujourd'hui, ça m'irritait. C'était étrange, je ne me reconnaissais pas dans mes réactions. Ma réponse étonna moins Pierre que moi-même.

— O.K., je vous accompagne, ça tombe bien, on sera déjà au lac. Je n'ai plus qu'à emporter des rechanges et nous resterons sur place !

— Trop drôle, plaisanta-t-il avant de se rendre compte que j'étais sérieuse. En fin d'après-midi, on rentre pour que je me change et on verra après.

— On va faire mieux, je me prépare, nous allons au lac et moi je reste sur place. Toi tu rentres te changer et tu me retrouves après.

— Hors de question !

— Ce n'est pas négociable : je passe tous mes week-ends à te faire plaisir, tu ne me demandes jamais si ça me plaît, ce que j'aimerais faire, si j'avais d'autres projets. Aujourd'hui c'est différent. Je vous accompagne au lac et j'y reste, un point c'est tout.

Il resta stupéfié au milieu du salon. Ce qu'il ne savait pas, c'est que j'étais aussi surprise que lui de ma réplique, de ma réaction. Que m'arrivait-il ? Moi qui n'avais qu'un but dans la vie : satisfaire mon chéri, me satisfaire de son bonheur – s'il était heureux avec moi tout allait pour le mieux dans le meilleur des mondes – j'allais moi-même à l'encontre de ce que je souhaitais ? C'était comme si quelqu'un d'autre, la part sombre de moi-même peut-être, prenait le contrôle de mon cerveau, de ma personnalité. C'était... flippant. Je me réfugiai dans notre chambre, toute ébranlée. J'étais en train de m'habiller quand Pierre, appuyé contre le chambranle de la porte, m'interpella :

— Qu'est-ce qui se passe Caro ? Y'a un problème ? Quelque chose ne va pas ?

— Non au contraire, murmurai-je en souriant. Tout va bien ! Il fait beau et chaud et j'ai envie de vivre.

Il parut à la fois surpris et contrarié par ma réaction. Je remarquai avec un petit pincement au cœur, qu'il ne me donnait pas la réponse que j'attendais : « *Pourquoi, d'habitude tu ne vis pas ?* ». Et là, qu'aurais-je répondu ? « *Bien sûr que si, je vis ta vie par procuration !* ». Ma pensée me fit l'effet d'une gifle. Décidément, quelque chose ne tournait pas rond chez moi. Pierre ne parut pas s'en offusquer et se replia au salon.

Je me précipitai à la cuisine et préparai un repas rapidement. Comme il était déjà tard, nous déjeunâmes sans perdre de temps. Nous nous préparâmes à partir. Je jetai un livre dans mon sac à main, ainsi qu'un nécessaire de maquillage qui me servirait plus tard, pris mon blouson en jean que je jetai sur mon épaule. Je croisai le regard désapprobateur de Pierre qui venait de comprendre que je mettais en œuvre ce que j'avais énoncé plus tôt dans la matinée : je ne rentrerais pas avec lui en fin d'après-midi. Bizarrement, je devinai ce qu'il avait en tête : « *Je réussirai bien par la convaincre, elle finit toujours par me suivre...* ». Eh bien non, mon cher, ce soir je ne céderai pas. Nos regards s'affrontèrent quelques centièmes de seconde et je discernai pour la première fois une lueur de doute dans le sien.

Alors que les hommes partaient en canot vers le centre du lac avec leur matériel, je me dégottai un petit coin d'herbe isolé par de jolis buissons, au bord de l'eau. Je me dévêtis pour ne garder sur moi qu'un maillot de bain, m'enduisis de protection solaire, prudence oblige. Je m'allongeai enfin sur ma paillasse, et me contentai d'envoyer un SMS à mon amie : « O.K. pour ce soir, serai sur place à partir de 18 h, Pierre devrait nous rejoindre. Bisous. »

Je me plongeai dans le roman fantastique d'une jeune auteure de la région : « La Dulcinée du Diable ». J'avais dévoré plusieurs chapitres quand, en tournant la page, je tombai sur un titre de chapitre surprenant : « Parabole de la grenouille » ! Qu'est-ce que ça venait faire là ? Surprise, je repris ma lecture. Cette parabole plutôt courte, expliquait que lorsqu'on plaçait une grenouille dans une casserole d'eau froide et qu'on faisait chauffer cette casserole à feu doux, la grenouille se laissait endormir dans de l'eau de plus en plus chaude qui finirait par la tuer, alors que si on la jetait dans l'eau déjà bouillante, elle se débattait, luttait en tentant de sauter hors de la casserole. Je me redressai sous la surprise, fermai le livre et regardai autour de moi. Était-ce une erreur de publication ? Ces deux pages n'avaient rien à voir avec l'histoire de Tara et de Luc. C'était une blague ? Je rouvris le livre fébrilement et... ne retrouvai pas la parabole. J'eus beau scruter page par page, pas la moindre trace de parabole. Devenais-je folle ? M'étais-je assoupie ? Cette journée prenait des allures absurdes.

Levant les yeux, je vis le canot revenir vers la berge. Déjà ? Ma montre affichait en effet dix-sept heures trente. Je n'en revins pas : le temps était passé si vite. J'en conclus que je m'étais assoupie, ce qui expliquait mon mini-rêve de parabole absurde. Je me rhabillai à la hâte, sachant que Pierre n'apprécierait pas que ses amis me voient en petite tenue. Je les aidai à ranger le matériel dans la voiture, me sentant plutôt transparente. Ils commentaient leur après-midi à qui mieux mieux, à tel point qu'aucun ne sembla remarquer ma présence. Ce ne fut que lorsque je tendis les clés de voiture à Pierre qu'il finit par me prêter attention.

— Je préfère que tu conduises, je suis un peu vanné, là.

Je m'apprêtais à renoncer à mes résolutions pour prendre le volant quand je me rendis compte que mon corps refusait de m'obéir. J'étais comme bloquée sur place et ne pus maîtriser la voix qui sortait de ma bouche.

— Tu n'as pas compris, Pierre. Ce soir, je fais la fête ici avec mes amis. Je ne rentre pas à la maison. Libre à toi de revenir ou pas tout à l'heure. Je ne te demande pas ton avis. Si tu ne reviens pas, je me ferai ramener sans problème, j'ai mes clés.

Ses yeux brûlèrent soudain de fureur. Je vis ses poings se serrer.

— Tu me fais quoi, là ? Je crois que c'est toi qui ne comprends pas. Monte dans cette voiture !

— Sinon tu fais quoi ? Tu piques ta colère devant tes copains ? lui rétorquai-je sans vraiment le vouloir.

Je tournai les talons et pris le petit chemin qui bordait le lac et qui menait sur la terrasse du bar-restaurant qui abriterait la fête du soir, les jambes flageolantes, le cœur battant trop fort dans ma poitrine. Je sentis monter en moi un début de panique. Qu'est-ce qui m'arrivait à la fin ? En cinq ans, jamais je ne m'étais opposée ainsi à lui et le pire, c'est que je ne le voulais pas. Mon cœur se serra dans ma poitrine en entendant le bruit du moteur s'éloigner. Je connaissais bien Pierre, il détestait les scènes en public. La présence de ses amis l'empêchait de réagir comme il l'aurait souhaité. Les larmes me montèrent aux yeux. Une partie de moi voulait faire demi-tour et le rejoindre, quant à l'autre, elle jubilait : « *Tu es libre !* » chantait un petit diablotin dans ma tête. La situation me sembla irréelle. Cela ne s'arrangea pas à mon arrivée sur la terrasse. Flora avançait vers moi, accompagnée de plusieurs de mes anciens amis que je n'avais pas vus depuis un bail.

— Waouh ! Caro en chair et en os ? Et seule ? Ton mec s'est noyé ? s'écria l'un d'eux.

— Ben non ! ronchonnai-je. Il va me rejoindre, tu es trop drôle !

Il me prit affectueusement par le cou et déposa un baiser bruyant sur ma joue :

— J'en profite avant que Monsieur n'arrive, sourit-il, ça devient tellement rare de te voir.

Tout le monde parut partager son avis, car j'eus droit à un véritable comité d'accueil joyeux et chaleureux. Quelque part, mon cœur se gonfla d'un sentiment de joie et de reconnaissance envers eux. J'existais encore dans leur vie alors que je les avais tellement négligés depuis ces dernières années.

Pourtant ils ne m'en voulaient pas, ils étaient là autour de moi aujourd'hui, au moment où j'avais l'impression que ma vie chavirait. Je me sentis bêtement heureuse, comme une ado qui participe à sa première bringue.

— Caro, tu ne connaissais pas Stéphane, si ? lança mon amie dans mon dos.

Je me retournai et fis face à un homme d'une trentaine d'années au regard gris-bleu perçant, au sourire renversant, le teint mat, mal rasé, aux cheveux longs dans le cou, plutôt ébouriffé, au corps parfait – encore un sportif, me surpris-je à penser – et si grand que je fus obligée de lever la tête pour le saluer. Lorsque nos regards se croisèrent, je ressentis un violent coup dans le plexus, mon cœur se mit à battre si fort dans ma poitrine qu'il me sembla que tout le monde l'entendait. Le temps semblait s'être arrêté, nous ne pouvions détacher nos yeux l'un de l'autre. Plus rien n'existait que nous deux. À cet instant, je ressentis l'impression bizarre que tout cela était irréel, comme un peu plus tôt dans la journée. Cette sensation que quelque chose ne tournait pas rond. Je ne pourrais dire combien de temps cela dura. Quand je repris un peu mes esprits, j'étais assise à l'une des tables de la terrasse, celle qui se trouvait le plus près de l'eau, et Stéphane me demandait ce que je désirais boire. Je ne sus que répondre pendant quelques secondes. Sa question me prenait au dépourvu. Pierre décidait toujours pour moi alors…

— Je veux bien une bière blanche citron, m'entendis-je répondre, réalisant seulement que j'aimais ça et que je n'en buvais jamais parce que Pierre trouvait la bière vulgaire !

Je me rendis également compte que je n'avais pas envie que Pierre vienne me rejoindre, j'espérais même qu'il ne viendrait pas !

— Tu me fais l'effet d'une petite grenouille qu'on vient de jeter dans de l'eau bouillante, plaisanta Flo.

Je sursautai et la fixai bêtement, les yeux écarquillés.

— Ben quoi ? Tu ne te sens pas bien ? pouffa Flora. Tu es bizarre ce soir, qu'est-ce qui t'arrive ?

— Tu peux répéter ce que tu viens de dire ? demandai-je d'une voix blanche.

— Quoi ? L'histoire de la grenouille ? Tu ne la connais pas ? C'est une étude qui montre que quand on met une grenouille dans l'eau froide...

— Oui, je sais ! la coupai-je agacée et stupéfiée. Mais pourquoi tu me parles de ça maintenant ? Comment tu...

— Je quoi ? Tu es sûre que tu vas bien ? Je te trouve... différente ce soir !

Je dévisageai mon amie avec une panique grandissante. Ses lèvres ne bougeaient pas et pourtant je continuais, moi seule, à entendre ce qu'elle disait. Les autres continuaient à papoter entre eux comme si Flora s'était tue.

— ... ce que je voudrais te faire comprendre, c'est que la grenouille dans l'eau froide, c'est toi depuis que tu as rencontré Pierre. Petit à petit, il te conditionne, t'emprisonne, te modèle. Tu es devenu sa chose, pas sa gonzesse. Il a tout pouvoir sur toi. Tu n'as plus de vie, plus de volonté, tu ne l'aimes même plus, mais tu ne t'en rends pas compte. Il t'a vidé de toi-même... Caro !

Je me levai d'un bond, renversant ma chaise, le visage blême et traversai la terrasse précipitamment. Une vague de panique montait en moi. L'angoisse me serrait la poitrine, la sueur dégoulinait dans mon dos. Non seulement je n'avais pas reconnu mon amie dans ses propos — jamais elle n'aurait dit quoi que ce soit qui puisse me faire du mal – mais en plus elle ne parlait pas vraiment : c'était comme si j'entendais ce qu'elle pensait. Je vivais un moment irréel, dans une autre dimension. Je finis par comprendre que je n'étais pas vraiment là et eux non plus. J'en étais à présent consciente, mais je ne savais pas comment m'en sortir. Je heurtai quelqu'un de plein fouet, perdis l'équilibre. J'eus juste le temps de sentir une poigne solide me retenir par le bras.

L'instant d'après, je repris mes esprits assise dans l'herbe au bord de l'eau, un peu à l'écart du bar et du bruit de la fête qui commençait.

— Ça va ? Tu te sens bien ? me demandait Stéphane.

— Un peu... bizarre, mais ça va, je crois, murmurai-je en me perdant dans ses yeux clairs emplis d'inquiétude.

— Tu as eu un petit malaise. Flo m'a dit que tu avais passé l'après-midi en plein soleil, ce n'est pas très prudent. Sans compter que tu as bu quelques bières sans avoir mangé...

Je levai la tête et le regardai fixement, complètement perturbée. Je ne me souvenais pas avoir bu ! Et puis la nuit était tombée, il était tard. Je n'avais pas vu le temps passer. J'avais loupé un épisode. Décidément, mon cerveau me jouait des tours...

— Tu as sûrement raison, je devrais rentrer.

— Oh non, murmura Flo assise près de moi alors que je ne l'avais pas remarquée. Pour une fois qu'on se retrouve toutes les deux. Et le feu d'artifice va commencer. Qu'est-ce qui s'est passé ? Tu es partie si vite, comme si tu avais le diable aux trousses.

— Je ne sais pas... C'est toi aussi, avec tes histoires de grenouille...

— Mes histoires de quoi ? s'étonna-t-elle.

Je vis tant de surprise et d'incompréhension dans son regard que je n'insistai pas. Encore un tour de mon imagination, sûrement.

— On va voir les feux et si tu ne te sens pas bien, je te ramène, d'accord ? proposa Stéphane d'une voix douce.

J'acquiesçai et me levai avec son aide. Je n'avais plus du tout envie de rentrer. Ma main resta prisonnière de la sienne et cela me sembla complètement naturel. Je me sentais si bien près de lui, tellement en sécurité. J'eus l'impression d'exister, comme si cette sensation était nouvelle pour moi. Nous eûmes à peine le temps de gagner l'esplanade depuis laquelle nous allions admirer le feu d'artifice, que le spectacle commença dans un bruit de tonnerre. Un son et lumière de toute beauté débuta au-dessus de l'eau. Les feux multicolores explosaient dans le ciel, formant des bouquets magnifiques que le reflet dans l'eau faisait survivre encore quelques secondes. La musique envahissait l'espace, emplissait chaque pore de ma peau. Le moment avait quelque chose de féerique. Avec un soupir de plaisir, je sentis le corps de Stéphane se plaquer contre le mien, dans mon dos. Ses bras se nouèrent autour de moi, je sentis son souffle sur ma nuque, puis sur ma joue. Comme si tout était écrit d'avance, je tournai légèrement la tête et accueillit ses lèvres sur les miennes. Son baiser si doux se fit plus insistant, faisant naître en moi une vague de désir lancinant, irrépressible. Je me sentais perdre pied dans ses bras. Me tournant complètement, je me pendis au cou de cet homme que je ne connaissais pas et dont j'avais tellement envie, enfouissant mes doigts dans sa chevelure hirsute. Soudain, une poigne d'acier m'écrasa l'épaule, nous séparant brutalement. Je fus projetée en arrière et me retrouvai face à un Pierre défiguré par la colère. La gifle que je pris en plein visage me propulsa... dans mon lit.

Le bruit tonitruant de la fête du 14 juillet avait fait place à un silence bienfaisant. Je me retrouvai assise dans mes draps, en sueur, à bout de souffle, le cœur menaçant par ses battements rapides de sortir de ma poitrine. Je tremblais de tous mes membres et mis plusieurs minutes avant de recouvrer vraiment mes esprits. Je me sentais en proie à des sentiments contradictoires : à la fois soulagée de me réveiller au calme, de me rendre compte que je n'étais pas complètement folle, à la fois déçue et frustrée par la disparition de mon bel apollon ténébreux. Immédiatement, l'image de Pierre fou de colère me fit culpabiliser. Mon pauvre chéri : s'il savait à quoi je venais de rêver... Le bruit de la télévision au salon me rassura et m'irrita à la fois. J'eus l'envie folle de courir me jeter dans ses bras et de sentir ses lèvres sur les miennes, mais je me ravisai rapidement, revenant à la réalité. Pierre n'apprécierait pas ce genre de démonstration. Cette constatation me fit mal. Je manquais peut-être de marques d'affection, ce qui avait provoqué ce genre de rêve...

Je me levai, enfilai un grand tee-shirt et passai au salon qui se trouvait dans la pénombre, car le grand écran au mur diffusait une émission sportive qui captivait toute l'attention de mon chéri. C'est pour cette raison que le volet de la baie vitrée était partiellement fermé : pour éviter aux méchants rayons de soleil de venir perturber l'image de la télévision. Une odeur de café planait dans la pièce. Il provenait de la tasse de Pierre, l'unique tasse qu'il avait préparée d'ailleurs.

— Salut, lançai-je d'une voix encore ensommeillée.

Il marmonna ce que je pris comme une réponse, sans seulement se retourner. Je me préparai donc un plateau déjeuner et sorti sur la terrasse par la porte-fenêtre de la cuisine. La clarté extérieure m'éblouit un instant et je me sentis immédiatement envahie par la douce chaleur du soleil qui caressait ma peau. Je me gorgeai de ses rayons, étendant mes membres encore engourdis, je souris en me disant que cette journée serait très belle, sans aucun doute, mais mon rêve laissait flotter en moi un certain malaise. J'aurais tellement aimé que les choses soient différentes aujourd'hui. Le téléphone sonna dans le hall, me faisant sursauter et augmentant mon malaise. La voix de Pierre m'interpella, déclenchant un frisson d'appréhension :

— Caro, téléphone !

Je me levai avec réticence, m'approchai du guéridon sur lequel trônait le téléphone. Mon cœur loupa un battement : une petite grenouille de céramique posée près de l'appareil me dévisageait avec espièglerie de ses grands yeux gris. D'où sortait-elle ? Je ne la reconnaissais pas et j'aurais juré qu'elle n'était pas là quelques heures auparavant. Le cœur battant à tout rompre, la main tremblante, je m'emparai du combiné, priant pour ne pas entendre la voix amicale et joviale de Flora.

— Caro ? C'est Flo. Ça va ?

Ma tête se mit à tourner, je ne pus répondre, cherchant mon souffle.

— Ce soir, il y a une super soirée au bord du lac avec concert-apéro en fin d'aprèm, feu d'artifice sur le lac et baloche à l'ancienne. Tu viens ?…

Vendredi 5 mai

Nathalie

Depuis combien de temps est-ce que j'attendais dans ma voiture arrêtée au feu rouge ? Un coup de klaxon énergique me fit réagir. Je passai une vitesse et démarrai sur les chapeaux de roue. Mon Dieu, il n'était pas temps de rêver, j'étais en retard ! Thiago devait déjà m'attendre. Je me garai facilement devant l'école. Forcément, la plupart des parents étaient déjà repartis. Je traversai la cour au pas de course, passai la porte d'entrée et m'arrêtai dans le couloir silencieux. Les petits portemanteaux étaient tous vides. Et... surprise, je m'aperçus que celui de Thiago portait maintenant le nom de Marie. Pourquoi l'institutrice avait-elle supprimé le portemanteau de mon fils ? Et où était ce dernier ? Légèrement inquiète, j'entrai dans la salle de classe désertée au fond de laquelle l'institutrice, mon amie, finissait de ranger quelques livres.

— Laurence ?

Mon amie sursauta et se figea à ma vue. Elle paraissait stupéfiée et me regardait sans bouger, la bouche entrouverte, comme si elle faisait face à un fantôme.

— ... Manon ?... Mais qu'est-ce que tu fais là ?... Je veux dire... Où étais-tu ?

— Tu te sens bien ? Je viens chercher Thiago ! Où est-il ?

Laurence devint blême. Je craignis un instant qu'elle ne s'écroule. Son attitude et son silence diluèrent en moi une sourde angoisse qui me vrilla l'estomac.

— Laurence ! Où est Thiago ?

— ... Viens, finis d'entrer, assieds-toi... On... On va discuter... Tu veux un café peut-être... commença mon amie en proie à une nervosité surprenante.

— Non ! rétorquai-je un peu trop vivement, le cœur battant plus fort, luttant contre une angoisse qui commençait à m'étrangler. Je suis déjà en retard, je souhaite juste récupérer mon fils et rentrer à la maison. Alan va rentrer, il va se demander où on est !

— Enfin Manon... Qu'est-ce qui t'arrive ? murmura Laurence... Et où étais-tu tout ce temps ? On t'a tellement cherchée... On a fini par croire que...

— Mais de quoi tu parles ? m'énervai-je. On s'est vu ce matin quand j'ai déposé Thiago ! Tu peux me dire...

— Quel jour on est, à ton avis ? me coupa-t-elle en s'emparant du journal posé sur un coin de son bureau.

— Où veux-tu en venir ? ... on est... vendredi 5 mai... pourquoi cette question ?

Laurence me tendit le journal du jour en me demandant dans un souffle, d'en lire la date. Je lui arrachai pratiquement la feuille de chou des mains. Je m'apprêtai à prononcer le jour et le quantième à voix haute... Mais celle-ci ne sortit jamais de ma gorge.

Mon cœur cessa de battre pendant quelques instants. Je regardai la mention inscrite sous mes yeux sans comprendre. C'était une plaisanterie ? Elle indiquait mardi 26 septembre...

— Qu'est-ce que... je ne comprends pas... C'est une blague ?... Enfin, je...

Laurence m'avança une chaise sur laquelle je me laissai tomber plus que je ne m'assis. La tête me tournait, tout me semblait soudain si étrange...

— Tu peux m'expliquer ? murmurai-je
— Tu... Tu as disparu depuis le mardi 9 mai... juste après l'enterrement...
— Non !

Ma voix éraillée et trop aiguë me surprit et coupa la parole à mon amie. Je ne voulais pas entendre la suite, et pourtant je l'attendais presque impatiemment, en transe, terrorisée à l'idée du prénom qui allait suivre. Un enterrement ? Lequel ? Celui de Thiago ? Ce n'était pas possible ! Je me voyais encore ce matin même... enfin, ce matin du 5 mai, ce matin dans ma tête, l'habiller en hâte pour partir à l'école avec son nouveau jean, son tee-shirt marin que papy lui avait ramené de Bretagne, ses baskets bleues, déjà usées au bout. Le lacet de la chaussure gauche m'était resté dans la main, je le sentais encore. J'avais dû y faire un nœud en dépannage, juste pour la journée. D'ailleurs j'avais oublié de m'arrêter au supermarché en rentrant. En rentrant d'où ? Un frisson glacial me secoua tout entière : je venais de me rendre compte que je ne me souvenais plus de ce que j'avais fait dans la journée.

— L'enterrement ?... De qui ? m'entendis-je murmurer d'une voix blanche.

— Mon Dieu ! Tu ne te souviens vraiment de rien ? gémit Laurence, aussi blême que moi. Alan est passé prendre Thiago à l'école... Mais la voiture... Enfin, c'est ce camion... qui a grillé un stop...

— NON ! hurlai-je sans attendre la suite, me levant d'un bond et m'élançant dans le couloir. Tu racontes n'importe quoi ! Qu'est-ce qui te prend ? C'est dégueulasse ce que tu fais ! ... Thiago ! continuai-je à crier en ouvrant toutes les portes que je trouvai. En plus, ça ne tient pas debout cette histoire ! Pourquoi Alan serait venu chercher Thiago à l'école, hein ? C'est toujours moi qui viens ! Tu as une explication pour ça aussi ? crachai-je avec véhémence.

— Tu as appelé Alan dans l'après-midi, je ne sais plus exactement quelle excuse tu as trouvée...

— Une excuse ? m'écriai-je au bord de la crise de nerfs, une excuse pour ne pas venir chercher mon fils ?

— Je suis désolée, tentait de me calmer Laurence, les joues inondées de larmes. Ça n'allait plus très fort entre Alan et toi. Tu m'as confié le matin même que... enfin... Tu devais voir Loïc dans l'après-midi...

— Loïc ? Mais qu'est-ce qu'il vient faire là-dedans ? pensai-je tout haut, le cœur battant plus vite.

Qu'est-ce que mon voisin venait faire dans cette histoire ? Mon très séduisant, mon superbe voisin...

— C'est terrible, mais c'est la vérité Manon. Je suis prête à tout pour t'aider, mais calme-toi, je t'en conjure !

— Que je me calme ? Alors que tu as fait disparaître mon fils et que tu me racontes une histoire à dormir debout ? Si tu dis vrai, j'étais où depuis tout ce temps ?

— Je ne sais pas ! On t'a tellement cherchée. On a eu peur, on a cru que tu... enfin...

— Et Alan ? demandai-je d'une voix chevrotante, sachant déjà avant qu'elle ne me réponde.

— Ils ont été tués sur le coup, tous les deux...

Le sol se rapprocha de moi à une vitesse phénoménale. Je n'entendais plus rien, je ne ressentais plus rien, qu'un immense vide à l'intérieur, une douleur si sournoise, si lancinante que j'étais certaine de ne plus me relever, jamais.

Quand j'ouvris les yeux de nouveau, j'étais toujours assise par terre, mais c'était Loïc qui était penché sur moi. Depuis quand était-il là ? Pourquoi était-il là ? Je ne me posai même plus de question. J'étais en train de perdre la tête, voilà tout !

— Manon ? Ça va mieux ? Comment tu te sens ?

Sa voix éveilla en moi des sentiments... perturbants : sa voix chaude, grave, profonde semblait me révéler des souvenirs bloqués à la porte de ma conscience. Je me sentais si mal et si soulagée à la fois de l'entendre. Je ne comprenais même rien à mes sentiments. Que se passait-il dans ma tête, dans ma vie ? Étais-je vraiment devenue cinglée ?

— Comme quelqu'un qui vient d'apprendre qu'elle a perdu son enfant et son mari, m'entendis-je murmurer.

J'eus quand même la faculté de capter les regards inquiets qu'échangèrent Laurence et Loïc.

— Je vais t'emmener chez moi, on va prendre un café et discuter, d'accord ? Laurence doit fermer l'école.

Je me laissai emmener comme un automate, l'esprit empli de coton, comme si je n'existais plus. Angoisse et douleur avaient disparu, je ne ressentais plus rien. J'avais même l'étrange impression que mon esprit s'était détaché de mon corps : je me voyais marcher à côté de Loïc qui me tenait par le bras, qui m'aidait à m'installer dans sa voiture. Je réagis enfin quand il manqua l'embranchement de la rue qui menait à nos maisons mitoyennes.

— Qu'est-ce que tu fais ? Tu as loupé notre rue. Tu vas où ?

Il me jeta un regard incrédule, ses sourcils s'étaient froncés.

— Tu ne te souviens vraiment de rien ?... Nos maisons ont brûlé.

Je le dévisageai comme si cette nouvelle ne me touchait pas, m'était complètement étrangère. Ma famille était décédée, alors pourquoi ma maison n'aurait-elle pas brûlé ?

— Après l'enterrement, tu as tout saccagé chez toi et tu as mis le feu au salon, murmura-t-il en attendant ma réaction.

— Je veux y aller, je veux voir de mes yeux... J'ai tellement l'impression que tout ça n'existe pas, que je suis dans une autre dimension...

J'avais parlé d'une voix si calme et si atone qu'elle m'étonnât moi-même. Loïc m'obéit sans un mot. Il fit demi-tour au carrefour suivant et sa voiture finit par se garer devant ce qui restait de nos maisons : les murs noircis, le toit crevé, l'absence de vitres et de portes. Je ne reconnaissais même pas le lieu, il m'était totalement étranger. Lentement, j'ouvris la portière et me dirigeai vers l'entrée de ce qui avait été mon chez-moi. J'entendis Loïc m'appeler, je me retournai et une vérité vint me frapper de plein fouet : il était le seul repère fiable dans ce contexte étrange. Peu à peu, le visage d'Alan et même celui de Thiago s'effaçaient de ma mémoire. Je n'arrivais plus à les percevoir nettement. J'avançai dans un état quasi comateux. J'entrai dans les ruines noircies quand j'entendis Loïc hurler mon prénom. Je me retournai une dernière fois. Le doigt tendu de Loïc indiquait un point au-dessus de ma tête. Je levai les yeux juste à temps pour entrevoir les poutres noircies céder et tomber sur moi pour m'ensevelir...

Assise dans mon lit, en transe, couverte de sueur et de larmes, je mis de longues secondes avant de reprendre vraiment mes esprits. L'odeur de brûlé persistait et me pénétrait à chaque inspiration. Mon cœur battait à coups redoublés, j'avais du mal à reprendre mon souffle, encore secouée par les spasmes de mes sanglots. Mon mari me tenait dans ses bras et tentait de me calmer. Je lui échappai et ouvris la fenêtre en grand, me penchant à l'extérieur pour respirer l'air frais de la nuit. Je constatai avec bonheur que, non seulement ma maison n'était pas mitoyenne à une autre, mais qu'en plus, elle ne brûlait pas !

— Du calme Manon, tu as fait un cauchemar, murmura Loïc à mon oreille en m'attirant dos contre son torse. Tout va bien chérie, calme-toi !

Un léger cri suivi par des pleurs se fit entendre. J'avais dû réveiller mon petit cœur. Loïc posa sa main sur mon ventre arrondi et murmura à mon oreille :

— Recouche-toi et prends soin de mon futur fils, je vais m'occuper de notre petite Marie.

— Loïc ?... Il ne s'appellera pas Thiago ! affirmai-je d'un ton sans concession.

Mon cher époux me sourit tendrement en haussant les épaules.

— Dommage, je trouvais ce prénom original et doux, mais si ça peut te rassurer, nous trouverons un autre prénom, acquiesça-t-il.

— Quel jour on est ? questionnai-je encore, haletante.

— Vendredi... le 5 mai, pourquoi ?

La première séance

Nathalie

J'attends ce jour depuis si longtemps. Je suis folle d'excitation et d'angoisse. Aimerai-je ce film ? Ou serai-je déçue ? Je traverse l'avenue Bruhl-Bastien et gagne la place Antonini sur laquelle se trouve le cinéma Ama Courtois, nouveau bâtiment moderne et spacieux dans le quartier des Colibris.

Quand j'entre dans la salle de projection déjà plongée dans une relative obscurité, juste constellée par des centaines de minuscules lucioles rouges censées signaler les marches entre les différentes rangées, je ressens des milliers de petits papillons au creux de mon estomac. J'ai le cœur qui bat un peu plus vite, j'avance lentement, comme si je quittais le monde réel pour entrer dans une dimension fantastique, dans un autre monde, celui de l'imaginaire, du rêve, du cauchemar parfois, bref, du dépaysement total.

Ce genre de magie, de ravissement émoustillé opère sur moi depuis mon plus jeune âge, depuis le jour où ma maman m'a fait découvrir le cinéma en m'emmenant voir Blanche-neige sur un écran que je jugeais alors immense. J'avais cinq ans.

Je m'installe donc sur le strapontin que le jeune homme de salle m'indique, au premier rang. J'ai juste le temps de jeter un coup d'œil derrière moi, sur les rangées qui s'élèvent doucement jusque dans la nuit noire. Mon cœur manque un battement. La salle paraît comble et un sourd murmure s'en dégage, pas un bruit gênant, mais des chuchotements, des rires étouffés, des brins de voix trahissant une certaine excitation dans l'attente.

Bien installée dans mon fauteuil déplié, je m'installe du mieux que je le peux et, me vient dans la tête, comme chaque fois que je me trouve dans un cinéma, la mélodieuse voix d'Eddy Mitchell qui scande les paroles de *La dernière séance* :

> « *C'était la dernière séquence,*
> *c'était la dernière séance,*
> *et le rideau sur l'écran est tombé...* »

Le générique de Médiavision apparaît sur l'écran et me tire de mes songes. Le petit mineur de la publicité, tout de bleu vêtu avec son petit foulard rouge, faisant allègrement tournoyer sa pioche avant de la lâcher en direction du centre de la cible, avec au final le 1000 central qui bascule et découvre un numéro de téléphone accompagné de l'éternel « Médiavision et Jean Mineur... », me ravit et m'excite. Je retiens mon souffle : ça commence !

Le monde, celui dans lequel j'évolue, s'est arrêté pendant plus de deux heures. Je plonge corps et âme dans celui proposé par le grand écran. Je ressens de l'angoisse, de la peur, de la souffrance, de l'espoir. Je souris, j'espère – même si je sais… – je pleure, j'aime, je vis… une autre histoire.

Puis le générique de fin me gifle comme pour me faire revenir à moi, revenir dans le vrai monde. Mes tripes se nouent soudain, je retiens mon souffle et mes doigts s'incrustent dans les accoudoirs de mon strapontin. Je ne serais pas dans un autre état si j'étais moi-même la réalisatrice de ce grand métrage.

Un tonnerre d'applaudissement retentit alors dans mon dos, m'exhortant à reprendre mon souffle, libérant mon angoisse grandissante. Je prends une longue inspiration et tandis que mon mari déjà debout me tend la main pour m'aider à me lever, main que j'agrippe nerveusement, je me dresse et fais face à la salle. Il me semble que les applaudissements augmentent en intensité, mais peut-être est-ce mon cœur qui bat de plus en plus fort et de plus en plus vite. La salle s'éclaire peu à peu d'une lumière douce et vive à la fois. Je commence à discerner des visages, j'en reconnais certains, beaucoup même, et ma gorge se serre douloureusement. Je reconnais d'abord Mélodie et Dylan, Clémence et Kevin, ma famille juste derrière moi, la plupart de mes amis dispersés au gré des rangées. Il y a des inconnus aussi…

Et soudain, je les vois, je les reconnais. Mon cœur menace d'éclater et je retiens mes larmes de toutes mes forces. Ils sont tous là : Jenny et Eric, Laura et Dylan, Jessica et Fred, Léa et Manu, Jody, Kylian, Léna et Théo bien sûr… Ils me sourient et sur certaines lèvres, je crois lire un « *merci* ».

J'entends le discours du producteur, j'entends mon nom, mais je ne l'écoute pas vraiment. Dans ma tête résonne un refrain un peu différent :

« *C'était ma première séquence,*
c'était ma première séance,
et le rideau sur l'écran s'est levé... »

C'est au tour du réalisateur maintenant de prendre la parole. Je ne comprends pas vraiment ce qu'il dit, comme dans un état second. Je vois juste son geste de la main qui m'indique une porte dans l'ombre, une porte qui s'ouvre et par laquelle entrent lentement une jeune femme asiatique tenant dans ses bras une petite fille, suivie par un homme de haute taille, aux cheveux châtains et aux yeux clairs, qui arbore un sourire entendu, légèrement ironique, empli de reconnaissance et d'affection, un sourire que je reconnaîtrais entre mille et pour cause !

Ils s'approchent de moi. Kamala me tend Crystale, que je sers contre mon cœur alors qu'elle noue ses petits bras autour de mon cou. Sa maman se penche à mon oreille et murmure :

– Merci à toi, merci de m'avoir créée. Et toutes mes félicitations ! Le film est relativement fidèle à ton livre. *Guérillera* sera un succès !

Je sais bien qu'il s'agit d'un rêve, mais qu'importe puisqu'il me rend heureuse... Et je vous avoue que je serais très mal à l'aise s'il se réalisait. Enfin si cela s'avérait possible, bien entendu.

Certains estiment qu'il faut vivre ses rêves et non pas rêver sa vie... Ce n'est pas mon avis.
Je n'aurai pas le temps de vivre tous mes rêves, et quand bien même, je n'en vivrais qu'un à la fois ! Et tous ces personnages que je créée, je les connais, je les côtoie, je les aime. Ils vivent près de moi, en moi.
Ce sont mes rêves et ceux qui les peuplent qui m'aident à avancer et me poussent à créer.

Merci à vous, les irréels, les vrais, les proches, ceux qui me lisent. Sans vous, l'auteure n'existerait pas.

Table des matières

Un temps pour rire :

Les joies de l'administration	11
Pâques pas comme les autres	19
Chat-rade	29

Un temps pour pleurer :

Le cadeau de Pâques	35
Sauvage	43
Adieu Luxeuil	47

Un temps pour aimer :

Différence de point de vue	53
Divine	67
Le cavalier inconnu	69

Un temps pour rêver :

Révélation	79
Vendredi 5 mai	95
La première séance	103